神隱

A.Z.

—— 著 ——

目次

第一幕、澤田

1.

轟隆隆——

雷聲在今晚已經持續一個多小時了，大雨瘋狂的下著，下水道的水流速度相當快，但這樣的雨量對於島原的居民來說，已經是習以為常。

獨居在此的澤田老奶奶，發現庭院內的小池塘滿出水，她很擔心，不知道裡頭的鯉魚會不會跟著水一起游出來，這樣的話就糟糕了，她又不能去外面看，怕自己會一不小心摔到泥濘裡，只能愛莫能助地站在緣廊祈禱。

活下來吧。

能陪我的就只剩你們了。

死了，就什麼也沒有了，無法再回憶任何事，只能慢慢腐爛、變成大自然的肥料，什麼也不是了。

雨夜特別地漫長，她很想再多為鯉魚們祈禱一下，最後熬不過陣陣睡意，不小心睡著了。

這晚，她做了關於鯉魚的夢，是個非常快樂的夢，所以人家才說，夢和現實是相反的。因為隔天一早，曬在恢復晴朗的天空下的，是三條鯉魚的屍體。

好喝的。

澤田相當難過，「終究，還是變成肥料了。」

「早安啊，澤田奶奶，昨天的雨好大啊。」志賀一如往常，每星期固定探訪的第一站，一定是來澤田奶奶家，她很喜歡和澤田聊天，除了澤田天生給人的親切感外，澤田泡的茶是她喝過最好喝的。

志賀當義工將近一年，從對島原市的不熟悉，到現在她可以摸透這個地區每個老人的活動時間，這也都多虧了澤田，若不是她和鎮上的每個人都很熟，還提出了可以每個禮拜讓大家聚在一起完成一件事的想法，鎮上的老人們也不會變得如此熱絡吧。

「志賀啊，雨昨天下得那麼大，妳今天還這麼早來。」

「我昨天傍晚就到諫早啦，本來還怕雨會下到鐵路無法行駛呢！還好、還好！」住在福岡的志賀，為了完成每星期一次的義工任務，每次都是舟車勞頓，但只要能看到老人們幸福的笑容，她就覺得一切都值得了。

澤田看見志賀的笑容，也覺得心暖暖的，雖然以她今年才六十五，和鎮上其他的老人比起來，已算年輕，可她因為年少時日子過得苦，長年累積的壓力，讓她經常容易失眠，但昨晚神奇的是，她因為那個鯉魚的夢，反而睡得特別香。

真是奇怪哪，明明是悲傷的事才對。

澤田將泡好的茶端出來，志賀的眼睛立刻變得閃亮，彷彿這是她一天裡最期待的事。

志賀也不知道該怎麼形容，明明不是特別高級的茶葉，口感卻相當溫潤，餘韻回甘又清香，僅僅是一杯茶，彷彿就能淨化被城市汙染的塵囂。

澤田呵呵笑出聲，「每次看到妳的表情，就好像這是多好喝的茶一樣，這不過是超市的特價品。」

「奶奶，完全不同！您泡的茶已經超越任何價值了！」志賀說得浮誇，澤田笑得很開心，有時兩人的相處就像真正的孫女一樣——如果，她以前有成家立業，或許今天的光景就不是如此了。

她有時很感慨，因為太晚認識先生，兩人在四十多歲才結為連理，原本的想法是找個老伴，共度下半生就好，怎知兩人的緣分淺薄，大約在五、六年前，澤田先生在早晨散步時，竟然被人酒駕撞死！再次變回一個人的老奶奶，無依無靠，連個遠房親戚都沒有，現在就連養了幾年的鯉魚，都死了。

「今天是將棋比賽吧？」澤田忽然想起今日的團康行程，有點不太確定。

「對，真期待這回本鄉爺爺和三浦爺爺的對決！」

澤田跟著呵呵笑起來，「是啊，他們上次的比賽真是……看得我大氣都不敢喘。」

明明只是素人的對弈比賽，這兩名深藏不露的老爺爺，各自一路打上決賽，對決的那局居然整整下了189手，耗費三個多小時才結束。

「雖然那次是三浦輸了，不過我覺得他雖敗猶榮。」

「嗯、本鄉爺爺是從第176手那邊找到破口，三浦爺爺更厲害！被找到破口了還臨危不亂，試圖找出別的生路，很可惜，最後還是輸了。」

「本鄉也算險勝，總之今天真的很期待他們的對弈。」說起比賽的事，澤田的心情也愈來愈好，暫時把鯉魚之死遺忘。

「那就晚點見了，我先去其他人那。」

「等等，我多做了不少漬物，麻煩妳幫我分送給其他人吧。」澤田從冰箱拿出早已準備好的盒子，用包巾包好遞給她。

「澤田奶奶……您這樣每星期都破費，真的沒問題嗎？」

「沒問題、沒問題，我年輕的時候存了不少養老金，膝下無子無女，也不知還能花去哪，如果這樣能讓大家開心的話，我也會很開心。」

「那還用說，奶奶的手藝一絕！」

大雨過後的島原市天氣很好，前一晚護城河的水位一度滿漲，還好現在都已退水，不過還是殘留了些被淹過的狼狽痕跡。

澤田拿著掃帚清理枯葉，鯉魚的屍體卻還原封不動地躺在池塘附近，她有點不知道該怎麼處理它，她很不擅長處理這樣的事，也許是上了年紀的關係，她對死亡特別敏感。

尤其是最近，半年內鎮上已經走了三名老人，一個是在冬天洗熱水澡洗到一氧化碳中毒，一個是不慎跌落護城河，剛好頭部朝下，所以送醫不治，還有一個是自己在家滑倒，因為獨居的關係，被發現早為時已晚。

都走得相當突然，所以她才會害怕，如果獨居的自己，也忽然發生了什麼意外，或許就這樣無人聞問地死了。

不，至少一定會被志賀發現，只是在被發現的那段期間，她又會度過多麼孤獨的一瞬呢。

澤田依然沒有把鯉魚掩埋起來或丟掉，就讓它風乾在那裡，如同這個城市裡獨居的老人，到頭來也只能奄奄一息地等待自己的結局降臨。

小小的活動中心，在中午時分相當熱鬧，大家吃著豐盛的午餐話家常。

島原的公車幾乎都是一個多小時才一班，年邁的大家光要出門一次就相當麻煩，離得最近的超市，也要搭二十分鐘的公車才能抵達，抵達後還要再步行十五分鐘的路程。

正因為如此，每星期一次的聚會，更顯得重要，志賀協助行動不便的人抵達活動中心，讓大家都能好好吃上一餐。

其實對大家來說，他們才不在意吃得好不好，他們更在意的是，有人可以和自己面對面吃飯，還能說上許多話。

「不知道是不是最近都在下雨，我昨天看到豆太郎和福太郎心情不太好呢。」

「對，我也看到了，都窩在窩裡不出來了。」診所的醫生養的三隻柴犬相當有名，不只是在地人很關心，連外地人都常為了一睹真容，特地來到鎮上。

「今年的雨下得確實比較多，我家昨晚又淹了。」

「那現在呢？」

「現在是退了，但有很多淤泥……妳看我這腿，也不方便清啊。」

澤田正巧在這時抵達，聽到三浦爺爺的抱怨，立刻自告奮勇，「我來幫你清吧！」三浦爺爺的腿一直不怎麼好，對比澤田身體還算硬朗，她認為自己應該能幫就幫。

「這怎麼好意思，每次都讓澤田小姐幫忙。」

「你們就別跟我客氣了，我很高興自己能幫得上忙，不然……我也沒事做，無聊得很。」

這句話說到了大家的心坎裡，三浦也就沒再推託，樂意地接受幫助。

「澤田啊，妳明明才搬來這一年多，卻比我們任何一個人都還愛著島原市。」松田相當感慨。大家年紀都大了，沒有其他房子，也不想搬去和小孩住，如果可以，他們當然也希望能去便利一點的地方。

「真的呢，想當初妳搬來的時候，我還很納悶呢。」

「因為這裡是天草四郎的所在地啊！你們又不是不知道，我是因為崇拜這位英雄，才特意搬來。」澤田只要一說起天草四郎，表情永遠都像個還年少的追星族一樣，滔滔不絕地誇耀這位偉人的功績。

「哈哈哈！這倒是真的，澤田一天到晚都跑去雕像那兒！」旁邊的小林發出宏亮的笑聲。

才剛從廚房忙完出來的志賀，看著大家又圍著澤田談天，嘴角輕揚，澤田有一種獨特的魅力，不是因為她一直幫助別人，而是她本身散發出讓人想要親近的親切感，有她在地方，笑聲也一定都在。

「對了，我那兒最近收到幾本妳會喜歡的書，記得找時間去拿。」松田開著一家二手書店，平日幾乎不太會有客人上門，她非常喜歡和這些舊書為伍，彷彿待在那裡，時間就能靜止，忘記已經失去的時光。澤田也喜歡這樣的氣氛，成為最常上門的訪客。

「那麼，差不多對弈可以開始囉。」志賀出聲號召，準備比賽的人都露出了躍躍欲試的表情。時間很快就過了，眨眼連晚餐都吃完，到了該是送大家回家的時候，偏偏在這時，下起了狂風暴雨。

志賀艱難地扶著大家上車，因為忽然暴雨的關係，她無論如何也都想把每一個人送回家，不然要是有人在路上摔倒就糟了。

雨來得又急又快，配上陣陣的雷聲，讓澤田想起了令人不安的昨晚，也想起那三條死去的鯉魚。

「澤田，妳上哪兒？等等小志賀就會回來接我們了。」三浦注意到澤田拿出折疊雨傘，看起來骨架已經有些鬆散的雨傘，搞不好一走出去就被吹到開了花，完全用不了。

「算算人數，正好多一個，我不想讓志賀多跑一趟，雨下成這樣視線也不佳……我自己搭公車回去就行了。」

「那也不行啊！雨太大了！」松田也出聲阻止。

「沒事的。」

「三浦先生，明天沒下雨我再去你家幫忙，也會做點點心，祝賀你今天得到冠軍。」澤田試著轉移話題，三浦馬上高興地笑了。

「唉呀！剛剛那場真是絕了。」

「就是啊，沒想到三浦先生的應變能力這麼好！」

「咦……澤田人呢？」

「糟了，希望她別出事才好。」三浦一臉擔憂地看著空空如也的門口，尚未闔上的門，外頭的暴雨不斷噴進屋內，更顯得令人不安。

經過這場暴雨，四處都釀成了大水災，甚至因為雷擊重電線桿，造成兩個多小時的停電，相當嚴重！

深夜裡救護車和警消車的聲音此起彼落，讓身在黑暗家中等待復電的人更是憂心忡忡，志賀相當擔心獨自一人回家的澤田奶奶，打了好幾次電話，都沒有人接，只能暗自祈禱一切都能平安。

豪大雨不只讓鐵路停止行駛，就連先一步返回諫早的志賀，隔天想要再前往島原市，交通也受到限制，無法前往。

長崎縣的地方新聞不停播報島原市釀水災的慘況，本來就擁有豐富水泉的地方，因為這場連續炸了四、五個小時的暴雨，即使到隔天早上，水都還無法退去。

「奇怪，澤田奶奶的電話怎麼一直不通？」志賀特地向公司多請了一天假，就怕因為自己失職，而讓澤田奶奶出事，那樣她會一輩子良心不安的！

直到下午四點多，積水都已疏通，來往的交通也恢復了，志賀立即前往澤田家，當車子駛愈近，她心中的不安也愈漸攀升，尤其是開進櫻町，道路的積淤狀況相當嚴重，可想而知昨晚的情況有多糟糕。

「澤田奶奶！澤田奶奶！」她砰砰砰地敲著門，門鈴也一直按，最後只好拿出備用鑰匙，自己開門進去，他們義工都會有鑰匙，為的就是預防老人家在家跌倒出事，他們可以立刻開門營救。

經過前院，地上的泥濘差點讓她滑倒，她瞥了眼屋側的木頭，沾濕的痕跡差一點就要超過緣廊了！拉開玄關木門，可以看見有雙濕漉漉的鞋東倒西歪地躺在地上，很不像平時澤田奶奶的作風。

「澤田奶奶！澤田奶奶！我是志賀！」志賀在門口喊了幾聲，才脫鞋進入，客廳的桌上擺著一杯喝了一半的茶，榻榻米上有沾有泥巴的腳印，一路延伸至臥房，而臥房的門半掩半開，澤田就躺在被褥上動也不動。

「澤田奶奶？」她戰戰兢兢地拉開紙門，發現澤田竟然穿著髒襪子，直接躺在被子上，她吞了吞口水，搖搖她的肩膀，內心非常害怕，人會不會已經沒有呼吸心跳了！

「澤田奶奶……」她把澤田翻過來，只見她雙手有許多擦傷，伸出手指探了探她的呼吸，這才鬆口氣地癱坐下來。

「咳、咳咳……」澤田因為動靜被吵醒，她猛咳了好幾聲，緩緩睜開眼睛，「是……志賀嗎？」

「奶奶，您醒了？您沒事吧？到底發生什麼事了？我先幫您更衣。」志賀這才進入狀況，知道自己不能因為驚嚇而忘了該先做什麼，她立即裝了盆熱水，備妥乾淨的衣服和毛巾，重新回到臥房，澤田一臉恍神地乾坐著，似乎在回想自己怎麼會搞得如此狼狽。

「您真的擔心死我了，我一直打電話都沒人接，今天的路還封了，直到現在才能趕來！」志賀一邊幫她換衣服、擦身體，一邊止不住叨念。

她很快就發現，澤田身上除了雙手之外，膝蓋和手臂的部分也有瘀青，腳的大拇指指甲還斷了一半，傷口看起來很不妙。

「我……好像摔倒了。」澤田這才緩緩開口，聲音相當沙啞。

「摔倒？昨天晚上嗎？那您怎麼就直接睡下了！我先去拿醫務箱！」

澤田盯著自己的腳趾甲看，現在才有了一點痛覺，直到看見傷口前，她都還處在半恍神狀態，她試著拼湊回憶，想著昨晚她是如和從那場恐怖的大雨中活下來……

志賀重新回到房間替她處理傷口，她發現澤田的表情很不對，像受了極大的驚嚇，還緩不過神，難道澤田奶奶被人攻擊了？她腦海閃過這一絲可能。

「奶奶，您還記得昨晚怎麼回來的嗎？」

「我只記得，我不想讓妳為了我一個人再多跑一趟，所以想自己搭公車回家，而且……光是前往公車站牌，就困難重重、寸步難行，然後……然後……」她愈想，就覺得頭痛，痛苦地揉著太陽穴。

「沒關係，先別想了，您先好好地躺著，我去煮點吃的。」壓下心中疑慮，志賀的想法是先讓澤田奶奶好好休息，也許她就能想起發生什麼事了。

換上乾淨的衣服，傷口也得到包紮，澤田覺得身體舒服多了，她躺在暖暖的被子裡，眼睛直直盯著天花板，大腦仍在努力地運轉，試圖找出自己遺失的記憶。

奇怪，昨天一切都那麼美好，究竟發生了什麼事，才會讓自己滿身是傷呢？她還想著，今天要去給三浦道喜，因為他昨天的那場比賽非常精彩……

腦子愈想去思考，卻愈像有片濃霧，遮蔽了某些重要的關鍵，而且還愈想愈昏沉，等到志賀把粥煮好，發現澤田已經又睡下。

她不忍吵醒澤田，把粥蓋上蓋子放在一旁，從剛剛到現在緊繃的神經，讓她相當疲累。

手機在這時響起，社福中心那邊來電通知她，三浦失蹤了！

「什麼⁉」怎麼一波未平一波又起！

她本想再多照看澤田奶奶一會兒的，現在不得不趕快先去三浦家，社福那邊也會派人來，她現在是唯一能最快趕到的人。

因為太過慌張，才剛一踏出門，她就一腳踩滑摔個正著，她吃痛地摀著膝蓋，轉頭一看才發現自己踩到一條鯉魚，鯉魚已經死透的雙眼被她踩過更是爆裂開來，魚眼歪斜地瞪著她，引得她全身發毛。

「鯉魚……因為大雨，所以滿出池塘了嗎？」她記得澤田奶奶相當喜愛那三條鯉魚，她一跛一跛地走到池塘邊，汙濁的水裡頭，完全看不到半條魚。

這種惴惴不安的感覺讓她有點慌張，顧不得這麼多，她只能先趕去三浦爺爺家。

平時人潮相當少的島原市，因為暴雨的關係引來不少媒體來這裡採訪報導，志賀相當不習慣開在一條路同時有三、四台車的馬路上。

也不知怎地，她的腦海一直閃過剛剛那條鯉魚的眼睛，那顆眼睛像有個恐懼的黑洞，一個不小心，可能會把她拉進崩潰的黑暗裡……

喵——

一隻黑貓突然從前面穿越，她緊急煞車，嚇出一身冷汗。

感覺所有不好的預兆接連出現，她很想裝作不在意，但雙手卻愈來愈顫抖，直到抵達三浦家門口，已經有兩名警察在那調查。

三浦是獨居，志賀其實覺得奇怪，是誰在這麼快的時間內，發現獨居的三浦失蹤了。

此時警察正在聽取隔壁鄰居的證詞。

「嗯！就是昨晚，砰！好大一聲，我確定那絕對不是雷聲，我分得清楚！」

「富美媽媽說得沒錯，真的很大聲，我也聽見了！」

「所以早上啊，我就好奇地看了三浦家一眼，才發現他家的門竟然是敞開的，我……我就進去裡面喊他，結果他家整個亂七八糟，像遭過小偷一樣，而且他人也不見了，所以我就報警了……警察先生，我這樣應該不算私闖民宅吧？」

「怎麼能算呢？如果沒有富美媽媽的關心，誰會知道三浦家發生了這麼可怕的事，對吧？」

「對、對、對！」街訪鄰居們七嘴八舌，講得繪聲繪影，只有志賀覺得愈聽愈奇怪。

因為，她明明親自把三浦送進家，還幫他把門都鎖好了，那種大雨，又怎麼還會有人來訪呢……

再加上連澤田都像受到攻擊，這些不尋常，都讓志賀愈來愈不安。

2.

島原市很少發生大型案件，所以光一個和強擄事件搭上邊的事情，就足以讓刑事一課的幾名要員都現身。

比如這位被縣警本部降職下來的原搜查一課的野口，雖然別人若不說，還會以為他是哪個幫派成員。

就如此時，他把詢問周邊鄰居的瑣碎交給同事，自己蹲在一邊抽菸，看起來就像剛睡醒似的，無論穿著打扮和動作，都和幫派混混沒兩樣。

他叼著菸，才剛站起身，街訪鄰居馬上退到一邊，深怕他是什麼不正經的人物，只見野口不在乎同事目光，就往屋內走去。

「喂、野口！把菸頭丟了，別破壞現場！」安藤大聲斥責，野口把菸直接在手心捏熄塞進口袋。

他吊兒啷噹的態度，完全不把鑑識人員的忙碌放在眼裡，但步伐卻只踏在有石台的地方，並一直留意從門口延伸至大門的脫行痕跡。

他記得清晨有持續半小時的大雨，鄰居證詞卻說發出聲響的時間是在半夜，後來又說早上就已經看見這種狀況了，會到現在才有警察過來，是因為今日整個島原市被這場大雨弄得人仰馬翻，雖然早上就接到報案，但警察署竟然直到下午才派人過來看看——因為他們原本只是單純的離家出走案。

野口才不在乎那些，假設這間屋子早上就已經是這樣了，那麼泥土上的拖痕不可能這麼清晰。

他還未踏進主屋就折返，一路筆直地朝報案人永井的方向走去。

「你、你幹嘛？」

「你要對富美媽媽幹嘛？」幾個歐巴桑害怕地圍成一圈。

「請不要慌張，這位是我們的同事野口刑警。」安藤趕緊安撫。

「妳早上看到的時候，地上有沒有拖行痕跡？」

「呃、呃……」被氣勢這麼驚人，看起來又像黑道的人逼問，永井哪裡還有辦法思考，記憶全都被嚇飛了！

「有沒有啊？」

「我、我不記得了。」

「咕！真沒用。」

「好的！真的非常感謝各位的幫助，如果有任何問題，我們會再去訪問，現在請大家都先離開。」安藤連忙打岔，心說自己跟這個人搭檔，到底還要幫他擦屁股到什麼時候。

野口不耐煩地嘖了一聲，看見一旁的志賀，問道：「妳是誰？」

「我是昨晚送三浦先生回來的義工，志賀美雪。」她看著眼前這名年約四十出頭，長得兇神惡煞的刑警，內心對他不是很信任。

「妳是幾點送他回來的？」

「應該是晚上八點多。」

「妳有確實看見他進屋嗎？」

「是我扶他進屋的。」

「喂山本！等等幫她印個腳印。」他轉頭對山本鑑識員喊道。

「請問這是把我當成嫌疑犯嗎？」志賀對他這種沒禮貌的態度，更是反感！

野口完全不理會她的問句，對於他來說，只要他問，對方乖乖回答就行，其他多餘的事他並不關心。

「妳離開前附近有沒有可疑人士？」

志賀深吸一口氣調整情緒，不甘願地說：「雨那麼大，誰會看得清楚？」

「順便問一下，今早清晨以前，妳人在哪？既然是義工，是外地人吧？妳是在本地旅館住宿嗎？」

「我一個小時前才從諫早趕來！可以了吧？」

安藤從內屋走出來，發現野口又把一般民眾給氣得臉紅脖子粗，嘆了口氣。

「你好，我是昨晚送三浦爺爺回來的義工，我叫志賀美雪，請問有沒有我能幫得上忙的？」志賀立刻走到安藤面前，她知道只有這個警察是可以信任的。

「該問的都問了，妳已經沒用了，有用的時候我們會再去找妳。」野口撞了她一下，從兩人中間走過，安藤只能邊道歉邊遞給志賀一張名片。

「如果還有想到什麼的話，請再聯絡我。」

「那種人怎麼會是警察！」志賀瞪著野口的背影，氣歸氣，她還是很擔心三浦爺爺的狀況。三浦的膝蓋不好，走路走不快，如果有拖行的痕跡的話，不就代表……三浦應該凶多吉少了。

「不會的……」小鎮一直以來都很和平，她不相信會有人想對老人下手！

她回想昨天所有的經過，三浦爺爺剛好是最後一個下車的，那時雨勢正大，四周要想躲什麼人實在不可能。

如果能知道是幾點發出怪聲就好了。

她從後車箱裡拿出一盒水果，這原本是昨天其他爺爺奶奶給她的謝禮，雖然把謝禮轉讓很不禮貌，但現在這個情況也沒辦法了。

志賀按了永井家的門鈴，很快就有人來應門，正巧是剛剛被警察嚇壞的富美媽媽。

「您好，我是負責三浦爺爺的義工志賀美雪，很感謝有您的熱心，大家才能這麼快發現爺爺失蹤了，這是一點心意。」

伸手不打笑臉人，對比剛剛凶神惡煞的刑警，親切的志賀馬上形成了對比。

「這也沒什麼，敦親睦鄰嘛。」永井笑了笑，「要不要進來喝杯茶？」

「好啊！謝謝。」

志賀感覺這一天過得特別漫長，沒想到現在才快要傍晚而已，對比昨天的時光，好像已經是好久以前的事了。三浦爺爺昨日贏得勝利的笑容，此刻回想起，更加刺痛。

「剛剛我聽到刑警詢問您是幾點聽到聲音的，您真的不記得了嗎？抱歉一開口就問這麼唐突的問題，我雖然只是個義工，我和這些爺爺奶奶們的感情都很好，真的很不希望他們發生不好的事……」志賀垂下頭，語氣非常誠懇。

永井也不是那麼不講情理的人，剛剛她是真的被嚇到了，其實要回想起來也很容易。

「那天我記得我在看《身價上億的小提琴家》的特別節目重播，已經快看完了，節目是一點開始，那時應該是兩點多，就是那個時候聽到聲響的。」

「兩點多啊，那時的雨勢應該小一點了吧？」

「沒有！那時雨還大著呢！我記得我還趁廣告的時候，去廚房檢查上次漏水的地方，有沒有再漏。」

她記得新聞是說昨晚的雨持續轟炸四、五個小時，大概是八點的時候開始下，凌晨兩點她人不在島原，實在無法確認到底那時的雨勢如何。

「所以只有砰一聲嗎？」

永井歪著頭努力回想，「應該是只有一聲吧，我其實……也記不太清楚了。」畢竟在那種雨夜，附近哪裡有東西倒了，也不足為奇。

「謝謝您的茶。」

「志賀小姐，妳也不要太自責了，誰也沒想到會發生這種事。」

離開永井家，正巧碰上了安藤，她很快就察覺他是刻意在這等的。

「志賀小姐，如果可以，希望您能將問到的情報告訴我們，協助我們盡快找到三浦的行蹤。」

志賀看了看坐在車裡打瞌睡的野口，再看看安藤，深深覺得這兩名刑警的組合簡直絕配，一個靠第六感辦案，一個則是深藏不露的笑面虎。

「當然！那個……你們有在裡面看到一個帆布袋嗎？」

「帆布袋？」

「每周我們除了會辦活動，也會分些餅乾或盒裝涼拌等等的小菜，昨天也有，都放在大家的帆布袋裡讓他們帶回家，我想如果要推測三浦爺爺家裡是何時被人闖入的話，可以檢查看看帆布袋裡的東西有沒有被放到冰箱。」

安藤不著痕跡地打量了她一眼，薄唇微抿，「妳很敏銳，注意到的事也很多，我們會再檢查的。」

她再次深深一鞠躬，「希望你們能快點找到爺爺就好！」

安藤重新上車，啟動引擎的聲音吵醒了野口。

「怎麼樣？」

「她自己主動提供了額外的線索，再觀望吧。」安藤語氣平淡，驅車離開前，還對窗外的志賀輕輕微笑。

野口從胸口拿出一個透明塑膠袋，裡頭裝著一個動漫Q版的鑰匙圈，稍早他們已經查過，這個Q版造型是福岡限定，而鑰匙圈就掉在客廳的桌底，客廳明顯有激烈的打鬥痕跡，看來就是在那個時候掉的。

「趕快把封路後的其他路線找出來，應該就能攻破她的不在場證明。」野口伸了個懶腰。

安藤倒是有不同的見解，「那間旅館那麼老舊，連監視器都是裝好看的，且深夜過了凌晨一點就沒有櫃檯人員了，即使有人去櫃檯拿鑰匙，要怎麼證明去拿的人就是志賀美雪本人？」

「安藤，你就是喜歡想多餘的事，這部分的情況其他組人會調查清楚，我們現在還有別的事要做。」

安藤不再辯駁，畢竟論經驗還是野口更勝一籌。

只不過僅僅是一場暴雨，就把這個安寧的小鎮炸出這麼多事，他總覺得，還會有更多的事情發生。

三浦爺爺的失蹤案，從一開始乏人問津，到現在傍晚已經立刻成立特別小組，雖然還不至於讓縣警本部來支援，但因為島原警局有延遲處理的過失，讓全員上下無不繃緊神經。

所有人在去過一趟現場後，便返回局裡開會，統整目前掌握到的資料。

「關鍵人員志賀美雪，今年二十八歲，擔任社會局的義工半年多，平時在印刷公司擔任派遣人員。十二年前，因過失殺人被判刑，兩年前才出獄。」

人的一生真的不能留下汙點，否則到了某些關鍵時刻，這些汙點如同印記，會被人赤裸裸地攤在眼前，遭人品頭論足。

安藤一點都不意外志賀美雪的過往經歷，因為她注意到的細節已經超過她的生活環境可以理解的範圍，甚至在面對警察時，也都相當冷靜。

「應該以她為嫌疑人的方向偵辦了吧？」局長老神在在地說。

「不，應該還要列出其他可疑人士才行，不能因為前科背景，就斷下定論。」股長則有不同的認知。

局長被反駁得有點不是滋味，眼神示意要大家繼續報告。

「三浦宗介有一女，今年六十二歲，不過父女倆從以前感情就不好，自從十年前母親過世後，兩人就不再往來，三個月前三浦宗介有追加保險金一千萬，但受益人卻是……他的女兒，高橋博美，且他另外兩張保單的受益人也是她。」

另一組人馬也起身報告：「我們這邊也查過高橋博美的行蹤，她目前跟著丈夫住在宮崎縣，去年因為在家摔倒，手臂到現在都還需要復健，更不用說她近期根本沒出過遠門，也沒和三浦宗介聯絡過。」

這樣一來，最有嫌疑的保險受益人就得排除了，不過如果不為錢財，那麼還有什麼原因會想讓人把三浦綁架呢？

股長陷入深思之際，各組的報告都未停下。

「我們查過三浦的存款，目前只剩下二十萬元左右，不過他每月都能領到厚生年金十五萬，扣除掉花費，三浦每月的存款都還能慢慢增加一些。」也就是雖然不至於到富有，但也算衣食無憂。

可是想要奪人財產的話，那麼一點錢，應該無法成為動機。

一旁的局長已經按捺不住，起身發話：「繼續追查他的關係人脈，調閱從昨天到今天傍晚的各路監視器，我們島原市總不可能連個行動不便的老人都找不到吧？此事一定要盡快有個著落，刻不容緩！」

「是！」

股長偷偷嘖了一聲，心說這種事說快就快得了嗎？不過就是怕本部發現他們成立小組辦案的時間過晚，被放大怪罪而已，人坐上了高位，怕的事情就變多了。

當然，他自己也是半斤八兩。

「上杉前輩！啊不、是上杉股長！」安藤在會議結束後，快步走到上杉股長旁邊。上杉升上股長之前，一直是他們刑事一課資歷最豐富的前輩，更是一步步帶著安藤獨當一面的重要恩人。

上杉轉頭瞥了眼，沉默地繼續往前走，一直走到沒什麼人經過他們身邊時，他才在窗前停下腳步。

「安藤啊，可別看漏了，事情可能沒那麼簡單。還有，你還是叫我前輩吧，每次聽你這樣叫真不習慣。」

「是！我的想法和前輩一樣，總覺得還在大雨之夜發生這件事，並不是巧合。」

上杉拍拍他的肩，「反正，有你和野口這對搭檔在，應該也不至於令人擔憂。」

安藤的臉馬上皺成一團，當初就是上杉硬把這個燙手山芋推到他這邊，他真的不懂野口那種人哪裡好。

才剛提到曹操，曹操就馬上打電話來，安藤嘆口氣地接起：「我是安藤。」

「你在哪？立刻到護城河！出事了。」

「你呢？」

「我已經快到了。」

安藤立刻掛上電話，上杉則早已走遠，像用他的背影在告訴他：「去吧，我相信你。」

他對著上杉的背影鞠躬，立刻往停車場的方向衝！

雖然不知道事什麼事，但野口的語氣很少這麼高昂，就像獵犬嗅到了血的味道，已經朝獵物直奔而去了。

澤田一直昏睡不醒，志賀從三浦那趕回去時，發現放在一旁的粥一口也沒動，但摸了摸她的額頭，也沒有發燒。

手機的震動聲再次響起，還以為是男友打的，她急忙接起，結果只是派遣公司的組長，問她何時能復工。

「澤田奶奶，您醒來一定要打給我啊。」她小聲的念道：「這樣……我才能安心啊。」昏暗的屋內，看不清她的表情，只見她經過客廳，看著那杯喝了一半的茶，她一口將它飲盡。

「好苦，和平常的茶，一點都不一樣。」

＊

深夜，島原市又下起了傾盆大雨，但雨量不如前一晚多，只是再次下起的雨，還是讓人心慌難安，澤田終於被雨聲吵醒。

她倏地睜開眼，瞪得大大的，像剛剛從某場惡夢中驚醒，她渾身是汗，下午才剛換好的衣服，現在又有一點汗臭味了。

她打開燈，看見旁邊擺的粥，像個已經餓了好多天的人，直接捧起來狼吞虎嚥！

很餓、很渴，這是她現在唯一的想法。

到底發生什麼事了呢？她現在一點都想不起來，明明下午志賀來找她時，她還有些許零星的記憶。

睡了一覺，除了又渴又餓，她的腦袋竟然想不起半點片斷，這大概就是人家常說的斷片。

好不容易果腹，她終於能順了順呼吸，這才發現志賀留給她的字條。

「啊……要趕快打給志賀才行，她一定很擔心。」

她站起身，搖搖晃晃地走到大門處，電話就在大門旁邊的櫃子上，才剛要撥電話，就發現志賀的鞋子竟然整整齊齊地擺在門口。

黑暗中，澤田感受到一個人影正站在她身邊。

「澤田奶奶，您終於醒了啊。」

*

志賀曾經有一段不願對任何人提起的過去。

她並不是從小就這麼活潑開朗又熱心助人的，她小時候很自閉，不擅與人交際，且功課平平，一直是班上的邊緣人。不被人注意，當然也沒人會來打擾或欺負她。

她的生活，本該這麼平靜下去的。

直到國二來了一個轉學生理莎，且還被安排坐在她的旁邊，理莎除了有可愛的名字，連人都很可愛，身為日法混血的她，深邃的五官和棕色的頭髮，讓她看起來就像個芭比娃娃般惹人注目。

大家為了接近理莎，下課總圍在她們的書桌前，即使志賀不願意，也不得不加入繞著理莎轉的話題中。

「那我們放學一起去家庭餐廳吧，志賀也一起？」理莎說著說著，忽然提到了自己，讓她嚇了一跳。

「幹嘛啊？那麼驚訝，我們不是朋友嗎？」

「朋友？」

理莎這句『朋友』來得太突然，甚至讓周遭的人都把目光集中在她身上，這個才轉來兩、三天的風雲人物，竟然已經和邊緣人志賀成為了朋友⁉

「是啊，妳今天不是借我像皮擦了嘛，還說直接送我，那我們當然是朋友囉。」理莎露出純真的笑容，因為這笑容太美好，所有人都接受了這個事實，包括志賀。

人生第一次結交到願意承認自己是朋友的人，讓志賀感到相當受寵若驚，她從沒和同學一起放學去吃過東西，尤其是她最羨慕的聖代杯，竟然真的擺在她的眼前，她覺得一整天發生的事，都像愛麗絲的奇幻世界一樣不可思議。

「噗。」兩人一起走回家時，理莎忽然噗哧一笑，接著愈笑愈誇張，變成捧腹大笑！

「妳、妳笑什麼呢？」

「因為志賀妳太好玩了，難不成我是妳的第一個朋友？」

「嗯，是我的第一個朋友。」

理莎那雙純真的眼眸，閃過一絲光，像個準備惡作劇的孩子，難掩歡喜地偷笑著，「我帶妳去個地方吧。」

「好啊。」一定是朋友會一起去的KTV吧，志賀內心很興奮。

當理莎真的帶她來KTV時，她因為太期待，而忘了為什麼剛剛轉來這個地方的理莎知道哪裡有KTV，也沒注意到理莎的熟門熟路，她只想著，等等要和朋友一起唱什麼才好。

「妳先唱，我去外頭拿點東西來吃。」

「好啊！」志賀緊張地捧著點歌機，腦海裡有無數首歌想唱，卻又擔心唱得不好，正在猶豫不決時，門打開了，但進來的人，並不是理莎。

＊

安藤只慢了野口幾分鐘，現場已經拉起了封鎖線，鑑識組的人似乎更早一步趕到。

他急忙戴上手套，走到護城河旁，「發現什麼了嗎？」

野口眉頭緊蹙，第一次沒有像平常一樣回答他：「問什麼廢話，不會自己看嗎？」

這種反常更讓安藤緊張起來，只見鑑識人員正一點一點把袋子中看起來像是五花肉的東西拿出來，並且還有一塊人的腿骨，碎肉發出的惡臭讓人作嘔，沒見過幾次這種場景的安藤也按捺不住，衝出封鎖區在一旁吐了起來！

野口走出來點上一根菸，用力地吸了一口，彷彿就能把那些味道給沖淡。殺人分屍案，他以為只要離開了本部，就不需要再看到這些，但果然人愈怕什麼，愈容易遇到什麼。

安藤吐完之後立刻問道：「那、那個該不會是……三浦？」

「不知道，無論是誰，這下子本部絕對會派搜一來了。」從一個失蹤案，現在已經提升為殺人分屍案，想不被大肆報導都難。

雨夜，還很漫長。

3.

「澤田奶奶，您臉色怎麼那麼蒼白，快過來坐著，喝杯茶。」志賀拉著澤田，但她的手卻異常冰冷，和平時總時連手暖暖的志賀，一點都不一樣。

「這麼晚了，妳怎麼還在這兒呢？」

「我擔心您啊，怕您一直昏睡的話，就要叫救護車了，好在您終於醒了，要不要吃點東西？啊……您剛剛已經把粥吃了吧？那先喝茶吧。」志賀把一杯熱呼呼的茶推到她面前。

澤田的額間又冒出冷汗了。

轟隆隆——

一陣雷聲，讓澤田抖了一下，「又、又下雨了啊。」

「是啊，看來我今晚也回不去了，奶奶，我今天在妳這住一晚好不好？」

「可是妳明天不用上班嗎？」

「再請假就好啦，事發突然，也沒辦法嘛。」反正她也只是個派遣，本來就對工作沒有什麼責任心，她的重心一直都不在那，而是在義工這件事上。

「說起來，我還沒跟您說過，我為何這麼喜歡做義工，對吧？」志賀眨了眨眼，看起來無害的雙眼，不知為何，澤田卻覺得心生冷意。

「嗯……」

「那是很久很久以前發生的事。」就像任何一個故事的開場白，志賀用著像在說童話故事的語氣，說起了她和理莎從相遇到後來的故事。

＊

「理莎，妳會不會唱那首……你是誰啊？」

進來的是一名看起來相當普通的上班族，戴著一副眼鏡，但看她的眼神卻像在看一件待價而沽的商品，相當噁心不舒服。

「真的是國中生啊，第一次？」

「……」

他推推眼鏡，「罷了，反正結束就知道是不是第一次了。」

「你要幹嘛？理莎呢？我要找理莎！」她站起來想出去，男人卻輕鬆地把她推倒。

「我可是已經付錢了，別想賴！給我乖乖坐好！」男人哪裡還有剛剛的斯文，他大聲怒吼的模樣，把志賀嚇壞了！她瑟瑟發抖地躲在角落，完全無法明白現在的狀況。

「把衣服脫了！我叫妳脫了！」他一腳把桌子踹翻，志賀嚇得哭出來。

「對不起、對不起……請不要傷害我，求求你……」她會被殺。這瞬間，她只有這個念頭。

男人呲牙裂嘴在她耳邊吼了一遍又一遍，像在發洩自己平日受到的不滿，也像在展現自己的權威，他非常享受這種別人對搖尾乞求的模樣，所以當志賀愈害怕，他就愈興奮。

「喂，還真的跟那個女的說的一樣，妳果然能滿足我。」他在她耳邊輕笑，她忽然不掙扎了，眼角的淚水和冷汗一起滑落，她彷彿能看見，理莎那雙好看的眼睛，正透過門上的小窗，偷偷看著這一切。

對啊。

理莎怎麼可能不知道呢。

這個男人像野獸一樣的怒吼，怎麼可能沒人聽到呢？

說到底，這裡真的是普通的ＫＴＶ嗎？

如果是的話，為什麼男人可以從旁邊的抽屜找出保險套？好像這個包廂，從一開始，就是為了這件事而準備的。

她已經感覺不到痛了，無論男人多麼粗魯地把她壓制在地，還是瘋狂地侵入她的身體，她都沒有任何感覺了。

只要乖乖的，就能活下來。

先活下來再說，一切都等……活下來再說。

喀磯——

原本推開沒有聲音的門，不知何故發出了聲音，理莎像個無辜的孩子，她笑嘻嘻地蹲在狼狽的志賀旁邊，無視她的衣衫不整，也無視她臉上的淚痕。

「志賀，妳還可以吧？」

志賀緩緩睜開眼，「理莎……妳……」

「哦，還能說話呢，太好了！」她笑彎了眼，這張臉的笑容，仍然那麼好看。

「下一個可以進來囉，志賀，加油喔，明天再用這個錢請妳吃好吃的。」

「等、等等……理莎……」她伸出手，想要爬起身，但她的身體很快就被另一個男人壓住，這個人和剛剛那個斯文但至少身上沒有異味的人不一樣，他渾身汗臭，且重量相當重！

「希望妳還沒鬆喔，這樣我就撿到大便宜了，嘿嘿！」

明明是惡夢啊。

惡夢的話，不是一直哭喊、一直哭喊，就會醒來了嗎？

但這天無論志賀喊了多久，惡夢都醒不過來，一切都很虛幻，虛幻得像跑到愛麗絲的奇幻世界……只是這個世界，應該是地獄。

志賀忘了她是怎麼回家的，至少在回家前，理莎還細心地替她換了一套新的制服，把她露出衣服外的淤傷都擦上了遮瑕膏，並且一遍又一遍地告誡她：『志賀，我希望我們還是朋友喔，是朋友的話就會保密，對吧？這樣的話……今天拍下的所有影片，我也會幫妳保管好的。」

「好……我會保密。」她像個乖巧的忠犬，點了點頭，表情一點違抗之心都沒有。

「好乖、好乖，我真是找到了一個好朋友呢。」理莎笑得開懷，「明天也麻煩妳囉，當然，我一定會帶妳去吃好吃的。」

志賀移動著疼痛的雙腿，她彷彿走在一條充滿火焰的天堂路，而帶領她的人，是長得像天使的惡魔。

從這天開始，她的人生變了調，她的個性也有了極大的反差。

她變得活潑愛笑，喜歡笑得很誇張，好像不這樣用力笑，她就感覺不到快樂似的。短短半年的時間，她已經拿了兩次小孩，唯一能安慰她的，就是理莎都會帶她去高級餐廳吃飯，還會買漂亮的衣服給她，只有自己知道，內心某個地方已經腐爛到發臭了，臭到哪一天，沼澤的瘴氣，會衝破人皮，直接把理莎那張漂亮的臉，腐蝕殆盡。

所有人都忘了，志賀美雪曾經的邊緣形象，大家都說她很騷，也說她在做援交，大家更不能理解的是，那種人竟然和天使一般的理莎是好朋友，大家都很怕她玷汙了他們心中的女神。

理莎利用著志賀的懦弱和身體，賺了不少錢，在此之前，她從來沒得到過一個這麼聽話的人，大多數的女孩，都撐不到一個月就崩潰搬家了，只有志賀，像她真正的好朋友一樣，毫無怨言地替自己賺錢。

這天，她們難得來到一間米其林一星餐廳，這裡所有的一切都很高檔，配上理莎的花容月貌，非常相襯。

「理莎，妳有做過嗎？」

「嗯？做過什麼？」

「當然是『那個。』啊。」

理莎一聽，噗嗤笑出聲，「妳在說什麼啊？我的第一次當然是要留給喜歡的人啊。」

「真意外，我以為妳做過。」志賀笑了笑，人是很容易適應環境的生物，為了生存下來，無論是多惡劣的環境，都有辦法讓一個人蛻變，如同志賀，她已經變成了那種，無法讓人看透心思的人。

「不過妳居然會說要請我來這裡，妳有那麼多錢嗎？不會是從客人那裡偷偷私吞吧？」理莎挑挑眉。

「當然不是，妳生日不是快到了嗎？這是我用自己存的錢請的。」

「那就好。」

雖然她倆會付錢，但兩個國中生出現在這麼高檔的餐廳，還是顯得很突兀，尤其理莎的美貌，已經有好幾個自稱是廣告公司的人遞上名片，希望她能和他們聯繫。

果然是不同世界的人。理莎這樣的外表，注定了要過上和她不一樣的人生，但她的人生不管再怎麼平凡，她也從來沒有抱怨過，如果可以一生平凡無奇地過完，她也會滿足。

她本來，該滿足的。

主菜上了，是五分熟的牛小排，煎得剛剛好的肉質，只要輕輕一劃，就能切開，理莎開心地吃了一口，滿臉的幸福，每當吃到特別好吃的食物時，她總習慣一手撫著臉，閉眼享受咀嚼的每一口。

理莎正沉浸在這樣的幸福中，忽然，脖子一涼，她緩緩睜開眼，發現志賀一手撐著餐桌，一手拿著刀子，一口氣劃開她的喉攏，尖叫聲也應景地四起。

時間像凝固了，大家雖然扯著嗓子喊叫，聽在兩人的耳裡，卻一點聲音都沒有。

「是不是覺得很安靜？我當時也是這樣的喔。」志賀說完這句，在路人準備抓住她的時候，又補刺一刀，狠狠地刺進理莎的喉嚨。這半年多來，她已經幻想過無數遍，能夠這樣做。

是不是，該醒了呢？

如果是惡夢的話，這個時候就該醒了吧？

「惡夢當然沒有醒，不過因為我只有15歲，不會被判死，雖說如此，但我還是被關了整整十年才出獄。我在牢中完成大學的學歷、找到一間不會查過往經歷的公司，正常來說，這樣應該算惡夢醒了才對……」志賀說到這裡，覺得有點口乾舌燥，她捧起茶喝了幾口。

「但是啊……只要我閉上眼，就感覺自己還活在那個地獄。」她垂下目光，眼神空洞，彷彿又掉進了過去的漩渦，「只有做義工的時候，我才能感到很快樂！因為想到理莎絕對活不到這麼老，就歡快得令人興奮！」

澤田一直偷偷觀察著志賀，從她開始說起過往，表情就變得很恐怖，這已經不是澤田所認識的義工了，這就是一個……殺人犯。

她努力表現出平靜，深怕她的任何表情動作會刺激到志賀，「要再喝一杯茶嗎？」

「好啊！今天這麼累，多虧了澤田奶奶的茶，我好多了！」

「那就好……可是，妳的男朋友不會擔心妳嗎？都這麼晚了。」

「奶奶，妳這是在趕我走嗎？我還有很多話沒說完呢。」看似輕鬆的語氣，澤田卻感受到銳利的目光，直直瞪著她的背，她不敢轉頭，深怕會對上那雙惡魔的眼。

「怎麼會呢，妳想待多久都可以。」

「那就好，我還怕……澤田奶奶會害怕讓我繼續待著呢。」

咕嚕咕嚕。

按壓熱水瓶，滾燙的熱水一點一點滿上，澤田看著熱水，心想如果把熱水灑到志賀身上的話，不知道能不能爭取到時間。

結果，志賀像有透視眼似的，在她一轉身，人已經站在她背後，並順手接過茶杯，「小心啊！熱水很燙、很危險的。」

「是啊，是得小心一點呢。」澤田撐起笑容，兩人心照不宣地坐下，她第一次覺得，時間原來可以過得這麼慢。

＊

島原市又登上全國新聞頭條了，連早安新聞都在放大檢視島原市警局的過失——為何在通報過了六小時才處理報案？難道一個暴雨就足以讓島原市的警力如此不足嗎？

媒體的質問和網路上各種討論，都讓島原警局每個人的壓力，堆疊到最高點！

早上九點多，安藤和野口帶著驗屍報告重返警局，擠過重重媒體才得以進到署內，搜查一課的人也都來了。

「唷，這不是野口嗎？果然有你的地方就有災難哪！」佐佐木克制不住地訕笑。

野口狠狠瞪了他一眼，佐佐木反而更開心了，「幹嘛？又想打人？打啊，再到處亂咬人，我看你連交警都當不了！」

「不是還要開聯合會議嗎？我們走吧。」安藤打著圓場，雖然臉上盡是陪笑，眼底卻透著不耐。

「什麼聯合會議啊？不就是我們搜一來替你們這些市警擦屁股？」

野口終於聽不下去，「你也一樣沒變啊，只把人命當成業績來看，像個禿鷹，長得也像。」

佐佐木最在意自己的禿頭，被人戳及痛處，衝上去就抓住野口的衣領，「你再說一遍？」

「咳，你們在做什麼？」上杉股長站在會議室門口，及時阻止衝突繼續惡化，大家不再爭吵，各自進入會議室。

搜一和刑事課的人各自坐在左右兩邊，氣氛相當劍拔弩張，即使大家都只針對案件發言，語氣和眼神間，也能感受到雙方互不相讓的對立。

終於輪到安藤發表驗屍報告，「護城河發現的是男性的左大腿的腿骨，初步鑑定受害者應該死於大前天凌晨，經過ＤＮＡ確認並不是三浦宗介。死者年齡約在六十多歲，因為只有腿骨沒有找到任何指紋，所以還無法確認其身分。」

「前天凌晨，那晚不是也在下大雨嗎？」上杉皺著眉，怎麼都在雨夜發生……

「是的，不過那晚的雨量無法和前天晚上的暴雨相比。這塊大腿骨有打過鋼釘的痕跡，我們會繼續從這點上搜查，報告完畢。」

搜一聽完驗屍報告很不以為意，佐佐木直接插隊發表：「我們這裡查到三浦宗介這兩、三個月很常去社會局的輔導室接受輔導，聽說他和女兒關係不睦，一直有想不開的念頭，所以才會主動把保險金額提高……你們的效率如此不好，就因為有先入為主的想法，直接認定是被人綁架，才會忽略了細節！」

野口冷哼，「那我問你，如果三浦是自己消失的，門口的拖行痕跡怎麼回事？那可是明顯有重物被拖著走才會留下的痕跡喔。」

「三浦年紀那麼大，如果拖著的是一袋行李呢？」

野口嘖了一聲，若不是大雨會把門口石地的痕跡刷掉，他們現在更能有好的判斷。

搜一的課長鳥取相當斯文地笑了笑，並優雅舉手示意他要說話，「我認為綁架和離家出走這兩條線都該調查，當然了，目前我們還得新增另一條來調查無名屍的部分，不知道這條案子和三浦有沒有關係，既然難得我們搜一來這裡和大家聯合辦案，我希望大家能以快速破案為目標，減少不必要的摩擦浪費時間，沒問題吧？」他帶著淺笑說完，在場全都感到一股冷意，不怒自威的氣場，讓人大氣都不敢喘。

「我補充一下，最好把每個星期有參與聚會的人的背景也都查過一遍，不能因為他們都是老人家，就忽略這點。」上杉補充說道。

「了解！」

會議結束，這次局長並沒有參與會議，因為他正忙著擬公關稿，以及應付一堆媒體和政治人物的詢問電話。

上杉第一次覺得開會很輕鬆，搜一的鳥取課長果然名不虛傳，擅常以不起眼的存在感，一手擒拿不少窮凶惡徒，且非常能讀懂人心，在他面前，再會說謊的人都會露出馬腳。

安藤和野口這組立刻重新出發，他們已經一天一夜未闔眼，但兩人的精力像用不完似的，總能在一次又一次的會議之後，又馬不停蹄地趕往下一站，其他組的人都差不多快累癱了。

「我說安藤，你累了可以去瞇一下，我無所謂。」野口故意說道。

「我去瞇一下，你一定會趁機用不良手段去打聽情報吧？直接去找志賀美雪？她那邊目前不是我們負責。」

「嘖，規矩真多。」野口用力踹了一下椅子，「那好啊！你說，我們現在還能幹嘛？」

「去諫早。」

野口馬上理會安藤鑽指令漏洞的行為，「因為我們負責的是三浦這條線，所以必需要確認，趕來現場的志賀是幾點出發的？哼，還算聰明。」

從警署開車到諫早車站只需要四十分鐘就到了，雖然是位在車站對面的旅館，但因年代久遠，加上觀光客愈來愈少的緣故，這裡的員工一直都只有兩位。

久代子此時正窩在椅子裡看小說，退休後找到這份工作讓她很滿意，每天只要登記房客資料就能領到薪水，對她來說不無小補，且上班幾乎沒什麼事做，她很喜歡看推理小說，也因如此，當她看見兩名氣場和普通人不同的人走進來時，她有點興奮。

「妳好，我們是島原市警署刑事課的，有點事情想請教妳。」

「當然好！沒問題！」

就算再怎麼淡定安藤，也被這熱烈的反應給嚇了一跳，「妳對房客志賀美雪還有印象嗎？」

「志賀美雪？啊……就是那個昨晚都沒回來的房客，但她有打電話續訂，錢也轉了，有什麼問題嗎？」

「妳說她昨晚沒回來？」

「是的，她今天早上打電話來的，說昨晚臨時有事暫時睡在別的地方，還又多付了兩天的房間錢。」

野口急促地問：「早上幾點？」

「大概是……七點五分還十分吧，因為我們早班是從早上七點到下午四點，她是這裡的常客，很清楚我們的時間。」

「你們早班、晚班的人員是固定的嗎？」安藤用眼神示意野口，要他不要急躁，免得又把人嚇得不敢說話了。

「是的，晚上是我家那口子，我們夫妻一起在這兒工作。」

「跟妳確認一下，志賀美雪是照片上這個人，對吧？」

照片是從志賀的ＩＧ上截圖下來的，坐在咖啡廳笑得非常燦爛。

「對！」

「前天早上妳有看到她離開過嗎？」

「沒有……」

野口忽然插嘴，「你們這裡都只有一個人值班，也就是說妳並不會一直待在位子上吧？中午吃飯時間，妳都沒有離開過嗎？」

「呃……我中午都習慣去隔壁的食堂吃飯，但我都吃很快，十五分鐘就解決了。」久代子愈說愈小聲，可見這個行為違反公司規定。

「不過我家那口子晚餐都吃我準備的便當，但他那個人有個毛病，就是容易頻尿。」

兩人緊皺眉頭，久代子又瞥了眼那張照片，歪著頭呢喃，「這種帽子很流行嗎？怎麼大家都戴這種。」

「妳還有見過這頂帽子？」安藤問道。

「有啊，這幾天我們也有個房客，每天進出都會戴這帽子，還加戴墨鏡口罩，我都在猜是不是明星呢，她登記的名字叫做……淺野理莎。」

「淺野理莎?!」野口立刻反應過來，那個人是不可能來這裡住宿的，因為她早在十多年前就已經被志賀殺死了！

「看來，賓果了。」如果是用兩個身分住宿的話，要製造不在場證明就更有信服力。

野口搖搖頭，「不對，這樣不對。」

「哪裡不對？」

野口走到外面點了根菸，「總覺得，哪裡不對。」

「她現在人還失蹤了，我得先跟上頭報備，志賀美雪很有可能再殺害下一個人。」安藤拿起電話，卻被野口搶走。

「你幹嘛！」

「喂，你有證據嗎？確定了嗎？在沒有更有力的證據出來之前，不要做出這種會讓人誤判的事！」野口的表情比平時更加猙獰，他怒罵的語氣不像在罵安藤，更像在罵他自己，多年前的自己。

4.

雨終於停了，許多烏雲並沒有因為雨停之後而散去，至少對澤田來說是如此，對志賀來說也是。

警車停在澤田家門口，早在一分多鐘前就已經聽到警車的鳴笛聲愈來愈接近，數著開關門的聲音，還能估測出大概有多少警察來了。

中午時分，日正當頭的艷陽，把原本泥濘的庭院，曬得乾巴巴的，前兩天死去的鯉魚分散在各處，隨著又曬又淹的，散發出陣陣臭味，充斥在庭院各處。

「請問志賀美雪在這吧？」通過手機的訊號調查，警方很輕易地就掌握了志賀的行蹤。

志賀不等警察進屋，先一步走出屋外，「我就是志賀美雪。」

「關於三浦宗介的失蹤案，我們有一些問題希望妳能協助。」

「所以這只是協助辦案，不是強制帶回，對吧？」

「……沒錯。」

「好，我願意跟你們去，澤田奶奶，我晚點再過來看妳喔。」她轉頭向屋內說道，但並沒有人回應她。

一行人再次經過有臭味的庭院，唯獨志賀在其中一條鯉魚旁邊停下腳步。

「警察先生，你們說，幾條鯉魚死了，可以有多臭呢？」

「志賀小姐，麻煩請移步。」他們可沒那麼多時間賠她在這裡耗。

「再怎麼臭，也不可能像現在這樣吧。」她笑了笑，自問自答地說完，又轉頭瞥了眼主屋，然而裡頭卻一點動靜都沒有。

直到鳴笛聲漸行漸遠，僵坐在客廳的澤田，才鬆了一大口氣，她全身都是汗，臉色也相當慘白。昨晚志賀就一直待在這裡，說完那些過去的事後，澤田藉口說想要睡覺，結果一早睡醒，志賀居然還沒走，她坐在客廳徹夜未闔過眼。兩人還在這樣的氣氛下吃早餐，閒聊一些不重要的事，然而無論怎麼聊，她的目光從未離開過澤田。

就在幾分鐘之前，志賀忽然又問起那一晚的事。

「奶奶，您真的不記得自己是怎麼受傷的嗎？」

「我……真的想不起來。」

「真的嗎？一點記憶都沒有嗎？您傷得很嚴重呢。」志賀睜著一雙無邪的眼，再次詢問。

澤田的冷汗一直沒有停下來過，她拚命地用衣袖擦拭，連嘴巴都愈來愈乾了。

「志賀啊，我的年紀這麼大了，摔了這麼大一跤，怎麼可能還會記得是怎麼摔的呢？」

「咦……好奇怪啊，您直接說是摔跤，代表您想起來了才會這麼說吧？不然怎麼不會懷疑……是不是被什麼人攻擊了呢？」

澤田猛然抬頭，志賀的目光依舊親切，但卻看得她直打顫抖，「我……」

砰、砰砰。

屋頂忽然傳來怪異的聲音，像是有什麼重物丟在上面似的，更為此刻的氣氛添了些許詭異。

志賀正要說什麼時，嗚笛聲就出現了，志賀靜靜地傾聽嗚笛聲要開往何處，直到在門口停下時，她的眼底閃過一絲冷光，「看來，應該是來找我的。」

澤田看著她踏著輕鬆的步伐離開，完全沒有半點緊張，彷彿警察找她並不是什麼大事，而且她也很有自信自己能很快出來。

「對了，三浦爺爺他……聽說失蹤了呢，奶奶您知道這件事嗎？」

「什麼?!」澤田驚呼地摀住嘴，目光直直看著門口，深怕說完這句話的志賀，又忽然從拉門那探出頭。

直到志賀已經離開了，澤田才有辦法再去思考那句話，「失蹤了……」她腦袋一片混亂，除了志賀莫名奇妙說出那些過往，以及種種奇怪的跡象，都讓她覺得……那已經不是她所熟知的志賀了。

澤田撐著桌子站起身，她現在只想沖個澡，把身上的汗全都沖掉，然後……她再打電話問問看其他人，這到底是怎麼回事吧。

她走進浴室，打開蓮蓬頭嘩啦嘩啦的聲音，像極了那晚雨夜的聲音，許多片斷在腦海閃過，啪啦！蓮蓬頭應聲掉在地上，她的手抖得厲害，心跳也跟著加速……

砰、砰砰。

屋頂又傳來奇怪的聲音，她重新穩定心緒，實在不解這聲音到底是怎麼回事，難道是屋頂破了嗎？

澤田走出浴室後，朝走廊多看了兩眼，也不知是不是產生疑心的關係，她總有種杯弓蛇影的感覺，就算只是道黑影，她都覺得恐怖。

她想起志賀說還會再來找她……為什麼還要再來？志賀到底、到底要對她做什麼？

她撥了通電話給松田，電話響了很久才有人接，「是我，澤田。妳有聽說三浦失蹤的事了嗎？」

「聽說了！警察剛剛才走，等等應該也會過去妳那吧，他們好像要查訪所有和三浦先生認識的人。」

「呃、警察是來過了，但他們沒有找我問話，反而是直接把志賀小姐帶走了。」

砰砰砰。

剛說到這，忽然有人在外敲著主屋的門。

「有人在嗎？我們是警察。」

「警察來了，我先……」

「澤田，等一等！雖然我剛剛已經問過了，但他們好像不願回答我，等等妳可以幫我問問我兒子的事嗎？」

「妳兒子？他不是在外地工作嗎？」
「是啊，他最近都聯絡不上人，我很擔心……」
「好，我一定幫妳問。」
敲門聲一直沒有停下，澤田被這個聲音催促地趕緊掛了電話，穿好鞋子立刻拉開門。
安藤立刻擋在野口前面，露出笑容地說：「您好啊，我們是刑事一課，聽說剛剛志賀美雪從您這裡離開去警局協助辦案，有些問題想請教您。」
「當然，請進。」澤田確認兩人的證件後，稍微放心下來。
客廳有股酸臭的味道，澤田似乎沒有察覺，野口和安藤都皺了皺眉，在準備談話之前，澤田自然又習慣地泡起茶給兩位喝。
野口輕啜一口，表情又是輕輕皺眉，這讓澤田感到很奇怪。
砰、砰砰。
屋頂又傳來奇怪的聲音了。
「也不知道怎麼回事，今早一直聽得到這個聲音，大概是屋頂哪裡壞了。」澤田解釋地說。
安藤並不在意，直搗核心，「澤田小姐，您在前天晚上是獨自返家的，對嗎？」
「對……」澤田的雙手都是傷痕，她不自覺地把手伸進口袋裡，不想被看見。
「回家的路上，應該沒有發生什麼奇怪的事吧？」
「沒有。」

「那為何志賀小姐要從昨晚一直待到現在呢？她平時都會在您這裡留宿嗎？」

「沒有……她……我也不知道為什麼她要一直待在這裡。」澤田實在無法解釋。

野口左看右看，最後把目光放回這個看起來有點慌張的老奶奶身上，她的手有許多傷口，很新，院子還有奇怪的臭味，甚至提到志賀的時候，表情看起來有點焦慮，感覺她似乎很害怕志賀。

「如果您有感受到任何威脅，都可以跟我們說。」

「沒有！我什麼事也沒有。」

「您應該知道，那天和你們一起的三浦先生失蹤了吧？他平時有沒有提過和誰結仇？」

「結仇？那怎麼可能，我們都是一群等著進棺材的老人了，哪可能結仇。」

「那澤田小姐您呢？您看起來好像也受到攻擊了？」安藤又把話題轉回來，澤田微愣，乾脆低頭不說話。

「妳那天真的有搭上公車回家嗎？」野口忽然問道，「那為什麼我們問了那個時段的公車司機，他並沒有看過妳。」

畢竟是個小鎮，公車司機表明那天晚上從下大雨開始，就沒有載到任何客人。

澤田心虛地又把頭壓得更低了，還是不願意回答。

「您在那天晚上，是不是有遇到……」

「警察先生，我有點累了，我覺得我已經沒辦法繼續回答你們的問題，請回吧。」

安藤和野口互看了一眼，沒有再強人所難。

「那個……三浦先生他……之前說過，想去找他女兒，但我想也不可能在那種天氣去。」澤田給了一點情報後，就對他們行禮送客了。

雖然他們明知道澤田在隱瞞什麼，但如果她不願意說，他們只能再觀察，且本部的人手腳非常快，竟然已經先下手為強地把最大嫌疑人帶回去問訊。

「野口，你叫我不要先入為主，可本部的人似乎不這麼認為？」

「我們照我們的速度就好，未必這條線找不出東西。」

「何以見得？」

「這個澤田，很關鍵，她一定知道那天晚上到底發生什麼事。」

「在那樣的雨夜？她也只是個老奶奶，要怎麼行走在那樣的天氣裡？」

「所以一定和志賀脫不了關係。」

*

志賀對著偵訊室左顧右看，特別是那面雙面玻璃，她看著看著就笑了。

佐佐木冷聲，「妳笑什麼？」

「笑這裡的設備和裝潢，不管過多久都長一樣，一點變化都沒有。」

「妳很懷念？」

「有一點囉。」志賀輕浮的態度讓佐佐木不以為意。

「妳為什麼會在澤田家過夜？妳想對她做什麼？」

「這麼說很針對性呢，我本來就是負責他們的義工，過夜什麼的，也只是出自於擔心，澤田奶奶在前天晚上的時候，似乎因為雨太大摔跤了，身上都是傷，我得照顧她。」

「你們派去的警察如果問到澤田奶奶，也一定能看到她身上的傷，很嚴重呢。」像是怕佐佐木不相信，志賀又補充地說。

佐佐木把玩著手上的打火機，不急著繼續問問題，他發現志賀看起來雖然聒噪，態度上的輕鬆感卻騙不了人，她根本沒把自己被抓來問話當回事。

「妳很了解程序，畢竟是經歷過一次的人，只要不認罪、不利的通通說不知道，我們也拿妳沒辦法。」

志賀望著佐佐木，會心一笑，「您真愛開玩笑呢，這麼多年，我已經改邪歸正了。」

佐佐木忽然湊到她的耳邊，「殺人這種事，一旦做過一次，就再也沒有顧忌了。」

志賀的表情微僵，隨即又說，「我同意這個說法，所以警察先生，您最好不要忘了這點。」

「什麼意思？」佐佐木重新坐回位子。

志賀托著下巴，「你們現在的證據果然還不夠多吧？所以才想希望我能說溜嘴什麼，直接逼我認罪？這招已經不流行了。」

「我們這裡查到，妳住的旅館還有一個人入住，那個人的名字叫做淺野理莎，巧嗎？」

志賀的笑容消失了，取而代之的是冰冷的目光，「巧了。」

「妳認為那會是誰？」

「一個同名同姓的人吧。」

佐佐木嘴角微彎，「這世上沒有那麼多巧合，妳應該很清楚這點。」

是啊，淺野理莎從一開始出現在她的人生，就不是巧合，而是早就被鎖定為目標，一切悲劇都是必然發生的。

忽然，佐佐木接起一通電話，接著就笑了。

「志賀美雪，我們要針對妳的住處以及旅館住處等，進行搜索，搜索票已經下來了。」

「……我要打電話給我的律師。」

「請。」

*

傍晚了。

澤田覺得一整天的時間都過得好慢。

她一直盯著手機或門口，總感覺隨時志賀就會突然出現，只因她說她還會再來……

可是天都黑了，一切都還那麼安靜。

她打開電視，新聞大肆地撥著關於島原市這兩天的各種頭條，當然也包括了三浦的離奇失蹤案，但大家似乎並不關心三浦到底人去哪兒了，這些新聞媒體關心的是警察的失職，為什麼報案人說鄰居失蹤，竟然過了好幾個小時才派人去查看處理。

許多政治人物也藉此機會大肆批評，政治人物吵來吵去，明星們為了島原淹水受災也捐款不斷。澤田很清楚，無論電視上的這些人做了什麼，他們的小鎮一點改變也沒有。

一樣得每天清淤，日子也一樣的苦，一樣的慢，一樣……

「不一樣了，三浦……不見了。」

砰、砰砰。

又是這個聲音，她找出手電筒，走到門口往屋頂照了照，卻什麼也沒照到，這種木造屋很容易因為一點聲音就產生回音，但屋頂上卻什麼也沒有，更讓她覺得奇怪。

走回屋子裡時，一個陌生的手機響起，這個鈴聲不是她的，她沿著聲音來源一路找到客廳的桌子底下，是一支銀色的摺疊手機，上頭打來的號碼是無號碼。

難道是志賀的嗎？

怎麼都過了半天了，她才想到要找手機？

如果不是志賀的，那又是誰的呢？

澤田吞了吞口水，接起電話——「兒子，你終於接電話了！所以你是故意不接媽媽的電話嗎？還要我用公共電話打你才接……」

一開始，澤田覺得聲音很耳熟，聽到後面她立刻想起來是誰，並且立刻把電話掛掉關機。

那是松田小姐的聲音。

但是她兒子的手機，怎麼會在這裡？

砰、砰砰。

令人焦躁的聲音又傳來了，澤田抿著唇瞪著手機，耳邊時鐘的滴答聲特別明顯，她不安地看著，一動也不動地看著。

砰、砰砰！

她忽然站起身，迅速地往走廊最後面的倉庫衝！

她這次很確定，聲音是從這裡傳來的！

她正準備要打開門時，門口的電話響起，她只好先走過去接。

「我是松田，剛剛我兒子接電話了！」

「是嗎？那太好了。」

「可是他馬上掛掉關機……好奇怪，我總覺得，他應該回到鎮上了。」松田的語氣若有所思，而澤田則因為心虛，又吞了吞口水。

砰、砰砰。

她再次順著聲音往倉庫的房間看，總覺得，她的家裡好像不只她一個人……有什麼奇怪的事，正在發生。

電視的新聞在此時插播了一條快訊：「在島原市的白土湖上漂流的垃圾袋，露出一隻腳掌，目前已經被警察打撈上來，是否和前兩天發現的屍塊屬於同一人，還要等警方檢驗。」

第二幕、田中

1.

大人常常覺得我們小孩什麼都不懂。

比如媽媽每次都騙爸爸說是去買菜，結果只是去超市隨便逛一圈，然後花了一個多小時和叔叔喝茶聊天。

我總是問：「媽媽和那個叔叔那麼好，為什麼不要邀請他到家裡玩呢？」

媽媽卻老是回答：「妳不懂，妳爸爸他不喜歡我交朋友。」

結果，媽媽的另一個好朋友卻幾乎每周都來家裡玩，我後來懂了，因為男生不能來家裡，因為那個朋友是不能被爸爸發現的朋友。

爸爸也有祕密，常常半夜的時候，一個人躲在廁所裡，發出奇怪的呼嚕聲，每次隔天問爸爸是不是哪裡痛，他卻說沒有，他很健康。

大人們都很愛說謊。

明明每次我偷吃了隔天份的餅乾，騙說沒吃，媽媽就會生氣地打我的手心，叫我不准說謊。是不是只要長大了，就能做很多很多事，都不會被打了呢？如果是那樣，我好想快點長大。

「妳又偷偷在看故事書了，對不對？」媽媽敲著房門，她試著打開，卻發現鎖上了，「我不是告訴妳不准鎖門嗎！我有沒有說過妳再這樣我就要把門鎖拆掉！」

前一刻媽媽還輕聲細語，沒幾秒就忽然暴怒——媽媽常常這樣，爸爸也很受不了媽媽這樣，說她這是情緒化，每次媽媽像個獅子一樣亂吼亂叫的時候，我都覺得她不像媽媽了，而像……

砰！

門鎖直接被敲壞，媽媽破門而入，她瞪著眼睛看著我，像極了桃太郎裡的紅鬼，彷彿鼻孔耳朵都冒出了青煙，我很害怕，卻動不了，每次過於害怕的時候，我都沒辦法好好控制我的身體，它們完全不聽使喚，好像忘了我是主人。

「妳果然又在看故事書！」

「對不起。」

「功課呢？寫完了嗎？」她緊緊抓著故事書，原本想要撕掉，卻發現背面有圖書館的貼紙，所以才沒撕。

所以我才說，大人常常覺得小孩很笨。

接連兩、三次都把我辛苦存錢買的書撕掉之後，我只好去圖書館借，因為媽媽不喜歡給別人造成麻煩，如果撕壞書，她會非常困擾，果然她今天就無法動手了。

「寫完了。」

「那為什麼不拿來給我檢查？為什麼——為什麼——」因為不能撕書，她變得歇斯底里，只能一遍又一遍在我的耳邊咆哮。

「對不起。」

「罰寫一百遍『我不該忘記把功課拿給媽媽檢查』！睡前要寫完。」她說完就甩上門離開，但那扇門再也關不起來了，連接在上面的鎖頭懸空晃著，門的木頭變得像媽媽的頭髮，好似隨時都會扎進手，相當恐怖。

我撿起地上的書，把被折到的地方，努力壓回來。

我不知道媽媽為什麼不喜歡我看書，她好像希望我的功課很好，明明我都考前三名了，她卻覺得那還不夠好。

「在這種偏鄉野鎮考個班上前三名有什麼好？你們一個班也不到二十個人！如果將來搬去都市，妳這種成績只會吊車尾，別人會怎麼想我們？會說我們是鄉下來的笨蛋！」

「可是……爸爸的工廠不是在這裡嗎？我們為什麼會去都市呢？」當我這麼回答後，媽媽緊緊抓著我的肩膀，用力到指甲都快刺進我的皮膚裡了！

「誰要在這種地方待一輩子啊，這樣妳只會變成一個村姑！」我猜，媽媽指的村姑，也許是她自己。

因為她常常嘲笑鄰居穿著打扮很像村姑，而她卻常常買衣服、保養品，她總說一定打扮得好看，才不會被笑——但媽媽根本不可能和他們遇見，住在附近的叔叔阿姨們，都是農夫，他們都在太陽下山才回家，早上也比媽媽早出門。

如果變成了大人，我會不會也跟媽媽一樣，害怕的事情有好多好多，好像外面很危險一樣。

我捧起故事書，這次我借的是安徒生的《豌豆公主》，雖然之前已經看過插畫版的，但我覺得小說的更好看，而且裡面的公主和媽媽好像。

我想起還要罰寫，趕緊拿起筆拚命寫，要是太晚睡的話，一定會趕不上早上的公車的。

我是學校裡少數幾個離校最遠的學生，每天要走十分鐘的路才會到公車站，然後還要再搭四十分鐘的車，每天一早下車，我都是拚命地跑，只要跑慢了，我就會被關在門外罰站，被訓斥後才能進去。

其實只要早搭一班車就不會這麼趕了，可是早一班的話，就會只有我一個人在那裡等車，我很不喜歡。

公車站牌旁邊有個廢棄的屋子，看起來年久失修，窗戶壞掉呈現半開狀態，冬天時，天亮得比較慢，提早到公車站的話，微微的亮光完全無法照亮這裡，更讓我覺得那個窗戶裡一直有雙眼睛在看我。

聽說，那間屋子裡原本住著一個瞎了一隻眼的老奶奶，大我幾歲的學姊說，那個老奶奶看不到的那顆眼珠是白色的，且她非常討厭小孩子，如果大家在她家門前等車太吵的話，會發出像貓呼嚕一樣的低吼聲。

好幾次為了不遲到，我一個人在那等時，也不知道是風聲還是什麼聲音，破屋總傳來若有似無的呼嚕聲……這種時候，後方的森林總會突然飛出一群烏鴉，好像牠們是因為害怕，才突然飛走的……

除非這學期已經沒有辦法再遲到，否則我死也不想一個人搭早一班。

我們相良村人很少，大部分的人家都是種田，只有川崎家有人在市區的郵局上班，其他還是小學生的包括我在內，也有只有六個人，另外五個人都是上國高中了，他們只要搭幾站公車，就可以轉搭直達學校的公車，完全不用擔心會遲到。

也不知是不是因為想起白眼奶奶的緣故，我做惡夢了，夢裡她一直追著我跑在起霧的路上，我完全分不清人在哪裡，當她快要碰到我的時候，我就醒了。

我嚇出一身冷汗，窗戶外的天色還是黑鴉鴉的一片，鬧鐘上顯示時間是凌晨四點，我吞了吞口水，閉上眼睛努力睡著，忽然聽見枕頭底下傳來『呼嚕呼嚕』聲。

呼嚕——呼嚕呼嚕——

「聽錯了吧。」我翻正身子，就沒聽到了，出於好奇我又把耳朵貼在枕頭上，那個聲音又出現了！

我嚇得趕緊坐起身，渾身發冷。

此時，那扇無法闔緊的門如同那扇窗戶一樣，好像那個白眼奶奶就在門外……

忽然，門被打開了。

「怎麼了？」

「爸爸……我做惡夢了。」原來是爸爸，他應該又是半夜不睡覺，躲在廁所不知道在幹嘛吧。

「乖，爸爸在這，妳趕快睡。」爸爸把我哄回床上，他就坐在床邊，充滿了安心感。

我怯怯地又貼了枕頭一次，這次沒有任何奇怪的聲音了，一定是我想太多了。

爸爸一直摸著我的頭，動作反覆又輕柔，摸了很久，我正想問爸爸，他難道不累嗎？結果才一睜開眼，就發現爸爸的表情有點奇怪，就像夢裡拚命追著我跑的白眼奶奶一樣……

「你在做什麼？」媽媽忽然站在門邊。

「孩子做惡夢了，我去哄哄她。」

「你明天不是還要提早去工廠開會嗎？」

「對……」爸爸替我把被子蓋好，不發一語地跟著媽媽回房。

或許是寫了整晚的罰寫太累，也或許是做一場惡夢嚇太久了，我本來想還再想想一些事，卻抵不住睡意，一覺睡到鬧鐘響起，我才醒來。

而昨晚那個貼枕頭髮出怪聲的事，也就不了了之了。

我可能是故意的，只要我不相信，那件事就不是真的。

坐在搖晃的公車上，慢慢駛下山，也不知道拐了多少個彎，當公車終於在某一站停下時，我昏昏欲睡的雙眼也重新振作起來。

「又沒睡飽啊？」同班同學大和，他從小學一年級就一直和我同班，雖然他有時自大的個性有點討厭，但至少他會分享很多有趣又新奇的事情給我。

「對啊……」

「妳昨天怎麼沒來我家看驕傲怪盜？昨天那集超精彩耶！」

「我昨天被我媽發現我又在看故事書，她氣到叫我罰寫，我一直寫到晚上十一點半才睡。」

「天啊！好慘。我媽要是知道我喜歡看書，高興都來不及，妳媽也真奇怪。」

「她希望我能考試考到一題都沒錯，否則在那之前我看課外書，她都會不高興。」

「不過還好妳媽常常晚餐時間很忙，妳才能常常溜出來玩，不然啊，一定會悶死吧！」

「真的！」我說著說著又打了個大哈欠，然後想起那個惡夢。

「欸大和，你相信……鬼嗎？」

大和眉一挑，賊笑著，「妳不是不喜歡這個話題嗎？幹嘛？突然有興趣了？」

「我問你信不信嘛。」

「我怎麼知道，我又沒看過，不然……今天放學，我們去山上神社那裡探險？」

「你說神社那座山？可是……我爸說那裡很神聖，不可以去那裡吵吵鬧鬧。」

「算了，妳這個乖小孩，還想聊怪談呢。」

受不了大和一臉欠揍的挑釁，我撇撇嘴，「去就去！」

「一言為定，不准烙跑喔！」

唉……怎麼變成這樣了呢？我本來只是，想要聊聊那個夢而已啊……

*

我很不喜歡那個神社。

不是因為爸爸說那裡不可以去玩樂的關係，而是每次放學經過的時候，遠遠地看過去，那片山林和其他山林就是不同，陰森森的，好像裡面有個糖果屋，然後會有個巫婆把我騙進去吃掉。

當然如果這麼說，大和一定會笑我，都已經四年級了，還這麼幼稚。

「搞不好會有天狗喔。」從公車站走過來也不過幾分鐘，大和望著神社，悠悠地說。

「我覺得會有巫婆吧。」

「哈哈哈哈！妳都幾歲了，還相信巫婆？而且我們可是日本人，要信也該是我們國家的怪談吧。」

「我們國家的怪談一點真實感都沒有。」

「誰說的？妳難道不知道『神隱』嗎？」

「神、隱？」我跟著重複，但還是不懂字面上的意思。

「聽說小孩或老人到了山林裡，很容易就出不來了，因為……」大和愈說聲音壓愈低，忽然猛一抬頭用呲牙裂嘴的表情喊道：「都被山鬼抓走了！哈哈哈！嚇到了吧？」

「無聊！快點啦，再拖下去天都要黑了。」

「天黑還要一個多小時呢，妳急什麼，害怕了？」

我們順著小路走，旁邊田野中的農夫們都很忙碌，完全沒注意到我倆，神社入口處的對面的人家，養了很多狗，牠們從我們走近之前就一直汪汪叫，聲音聽起來很恐怖。

「我早上本來是想跟你說，我昨天做了很奇怪的夢，而且還從我的枕頭下聽到奇怪的聲音。」

走在我前頭的大和忽然停下腳步，他轉頭一臉嚴肅，「喂，走這條階梯的時候，不要講那些有的沒的，要安靜。」

「喔……對喔。」我很意外，原來大和也信這個。

只要過年和豐收季來參拜時，大人們都會這樣告誡：「這條路是通往神明住處的路，也有介於陰陽兩界之說，所以行走時一定要保持安靜，如果被魑魅魍魎聽見了……它們會一路尾隨我們回家，並降臨噩運。」

石階的階梯高低不一，有的石階做得很高，一不小心踩不好都可能摔倒，而且有的還很窄，真搞不懂當初建造樓梯的人，為何不量好再造。

嘎——嘎嘎——

成群的烏鴉穿過樹林，發出了啪撒啪撒的聲音，好幾片落葉掉了下來，抬頭看了看，即使還沒落日，這裡也被樹葉遮得透不了多少光，顯得更加陰森。

可是石階已經爬了一半，大和超前我許多，又不能出聲喊他，我真是進退兩難，想回頭也回不了。

旁邊的樹叢又發出悉唆的聲音了，我警戒地撇一眼，發現只是隻松鼠，而大和又離得我更遠了。

我趕緊加快速度爬，但不管我怎麼追，就是追不上他，他已經走上地面，消失在階梯上了。

「不會吧……」他怎麼不等等我呀。

心情一慌張起來，手腳也不靈活了，昨晚發生的詭異事件又浮上腦海，彷彿我的背後正站著白眼奶奶，只要我一回頭對上眼，就會把我抓走……

好不容易終於爬到神社門口，這裡上面除了一間小小的神社和一口井之外，其他什麼也沒有。

「大和？喂……不好玩，別躲了。」這上面出奇地安靜，連樹林搖曳的聲音都沒有，我慢慢地走到神社後面，蹲下來看了看神社底下，都沒有大和的影子。

最後，我鼓起勇氣探了一眼水井，好險沒有什麼恐怖的畫面，轉身一瞬，才發現我背後竟然站了一個女人。

女人長髮及肩，皮膚白得像白雪公主，一雙大眼也像娃娃一樣，她對著我露出微笑，並招了招手。

「妳在找妳的朋友嗎？他在這裡，跟我來。」

我有點害怕，大和不是那種會跟著陌生人走的人，難道、難道這個女人就是要把我們抓走的山鬼嗎？

「妳……妳是山鬼還是巫婆？」

女人發出如鈴鐺般清脆的笑聲，「呵呵呵，真是個可愛的孩子，不過這樣很失禮喔，這兩種生物都長得不是很好看呢。」

「難道是魔女？」

「嗯，我喜歡這個，魔女一般都長生不老，而且很漂亮，妳就叫我魔女吧。」

邊走邊聊，等我回神，我發現已經跟著她走進林裡，草叢都高到我的肩了，大和真的在這裡嗎？

女人似乎發現我的遲疑，又轉頭對我笑了笑，「放心，我不會吃人的，過來吧。」

前方看起來好像已經沒有高高的草了，我被這些草搔得皮膚很癢，小跑跟上，終於離開草叢。

出現在眼前的是一間很平凡的小木屋，不是故事中的那種糖果屋，但也和我們村裡的建築有著很大的不同。

因為這間屋子竟然是貼地建造，連屋頂的造型，都像圖畫中一樣，是三角型，最重要的是，上面還有閣樓的窗戶。

「哇……閣樓……」是像灰姑娘住的閣樓一樣的窗戶！

「妳還真的來了啊！」大和從閣樓探出頭，「快上來，這裡很好玩耶。」

魔女已經進入屋內，我把鞋子整齊放好，大和已經從樓上衝下來了。

「來客廳吧，我今天剛好有烤餅乾。」

居然是烤餅乾！

這也是只能在書上看到的，我還沒去過哪個同學家可以吃到烤餅乾！

我完全忘了原本多害怕，因為這裡的一切事物，都像從書裡跑出來一樣，讓我興奮不已。

大和毫無規矩地躺下，「我剛剛還跟姊姊打賭，妳肯定不敢跟過來呢。」

「什麼！你怎麼可以這樣嚇我，我很擔心你耶。」

「有什麼好擔心的，這個姊姊又不是鬼。我比妳先爬上來時，她剛好在參拜，她說她就住在附近，問我要不要去看看，我本來還不信呢，神社這座山這麼神聖，怎麼可能有人能住在這，結果還真的有間屋子，而且閣樓上超多書的，還有蒸氣船的書喔！」

「真的假的？我想看！」

魔女端著盤子走過來，「等吃完餅乾就去看吧。」

「魔女……啊、不是，大姊姊。」

「沒關係，你們就叫我魔女吧，我還滿喜歡這個稱呼的。」

「魔女姊姊，妳怎麼會住在這兒呢？」我咬了口餅乾，我從沒吃過這麼好吃的食物，脆脆的和仙貝一樣，甜甜的又不像麥芽糖，還很香，非常好吃！

「嗯……我給你們說個故事吧。」

一聽到有故事，我們倆都亮起眼、豎耳聆聽，配著好吃的餅乾和麥茶，我們和糖果屋的兄妹，其實沒什麼兩樣。

故事的主角是從月亮來的一位公主，她因為不想嫁給年邁的老頭所以逃來地球，但她並不像竹取物語的公主一樣幸運，她沒有自帶大把的財富，也沒遇上善良的夫婦。

她孤身一人流浪在不屬於自己的地方，又是挨餓受凍，又是四處乞討，直到遇見一名親切的男子，把她帶回家安置，溫暖的屋子和飯菜，也溫暖了公主的心，她徹底愛上了這名男子，男子在看到梳洗完的公主後，也愛上了迷人的公主。

兩人過著相當幸福的生活，但好景不常，男子的工作是作家，他已經很久沒有推出新作了，連報社都許久沒有邀稿，愈來愈困苦的他們，男子有天哭著求公主：「妳可以為了我們，辛苦一下去賺錢嗎？有個工作應該很適合妳。」

公主當然答應了，她很心疼男子哭泣，為了他們的幸福，要做什麼努力她都願意。

他們的生活在短短一個月內就獲得了改善，男子也不再日日以淚洗面，而是日日出門和朋友飲酒作樂。

「我是為了尋找機會，他們都是和報社有關的人，還有許多有名的老師，我在建立人脈。」公主其實不太懂『人脈』是什麼，但男子一定是為了他們的未來好，她如此深信。

很快地，他們還擁有自己的房子，日子過得愜意，公主的工作卻從未停歇，不過她一點都不覺得累，因為男子每天每天，都會對她說：「我好愛妳，如果沒有妳，我該怎麼辦？」

魔女停下來喝了口茶，「好像快要天黑了，你們得趕緊回家了，不然下去的階梯可不好走。」

「啊、都這時間啦，可是那個公主後來呢？」

「田中，明天再來聽魔女姊姊說不就好了？她又不會跑掉。」

「呵呵，我當然不會跑掉了，隨時歡迎你們再來。」魔女走到櫃子前，拿出兩盞油燈。

「這個給你們，以後你們來到木屋前就點亮油燈，千萬不要喊我，我看到亮光就會出來了。」

「這難道是什麼暗號嗎？」大和有點興奮，「好像偵探遊戲！」

「對，這就是暗號。」

我們新奇地捧著油燈，一步步緩慢地走下石階，還沒走到一半，天就已經全黑了，靠著油燈的光，我們才能順利下來。

「大和，今天真是太好玩了！」

「對啊！明天約大家一起來。」

「可是……要是被太多人知道，有人跑去告訴大人的話……」

大和點點頭，「那就得選一些不是大嘴巴的人，交給我吧！」

「嗯！」我踏著雀躍的步伐，內心已經迫不及待明天的到來，到底公主有沒有和男子一直在一起呢？還是最後她會像竹取物語一樣回到月亮上呢？

2.

呼嚕——呼嚕呼嚕——

我再次被這奇怪的聲音吵醒，這次我沒有睜開眼，而是假裝沒有醒。

仔細聆聽，房間內似乎還有另一個呼吸聲，會是誰呢？是爸爸嗎？那他應該會坐到床邊來吧……

我感到相當不舒服，就像被某個目光一直盯著看，卻又因為害怕，連瞇眼偷看都不敢，過了好一會兒，那道視線消失了，呼嚕聲也沒了，我偷偷睜開眼睛，又是凌晨四點。

我拚命告訴自己不要想太多，拚命想些快樂的事，最後又不知不覺睡著了。

早上上學遇到大和，他馬上興奮地和我討論昨天的事，因為怕被人聽見，我們只得盡可能壓低音量。

忽然，我發現斜前方一名短髮的女孩一直頻頻回頭偷看我們。

「反正就這樣了，我覺得可以先約齊藤和小林，他們倆一個呆呆的，一個口風緊。」

「可以啊，反正人愈多愈好玩嘛。」

午休時間，在打掃完教室後，我拿著圖書館借的書去還，這個時間大家不是在遊樂場玩，就是在教室聊天，很少人會這個時間來，就連圖書管理員都不在，所以只要把書放在歸還盒裡就好。

因為還有很多時間，乾脆繞到新書區，看看學校有沒有進什麼書，果不其然，書櫃上仍然是千篇一律的那幾本，這些書我至少都看到半年了，還能算是新書嗎？

如果在大城市裡念書，那裡的圖書館一定會有更多有趣的故事吧。

轉身，我才發現有個人坐在最角落的位子，是早上的短髮女孩。

「妳也喜歡看安徒生啊？我也是。」我用著氣音說道，她點頭微笑，又繼續看書。

「妳和我同年級耶，是幾班的？叫什麼名字？」
「我……」她「我」了半天，卻仍說不出半句話。
「喂外國人，原來妳又躲在這，不是叫妳幫我們打掃嗎？」幾個男生站在門口喊道，他們仗著現在這個時間沒有管理員和老師，就大聲嚷嚷。
女孩立刻慌張地跑出去，拚命對他們低頭道歉，男生們毫不客氣地推著她，叫她走快點，她卻連抬頭對其他人求救都沒有，就這樣乖乖跟著走。
「喂，你們幾個！大家都是好同學，幹嘛這樣。」
「噗哈哈！你們聽見了嗎？她講什麼好同學！」
「超白癡的！她還以為自己是正義使者咧。」
我氣不過，卻一時想不到該還口什麼。
「妳什麼都不懂，勸妳少管閒事！」
「是啊，這傢伙是叛國賊！一開口就愛講什麼外來語，我爺爺說了，美國人都不是好東西，為什麼我們有國語不說，要用他們的語言！」
「對！我爸也是這樣說的。」
「這傢伙還自以為用外來語說話，很了不起一樣。」
幾個男生你一言、我一語，還一直動手推她，最後她站不住跌倒在地，連手上那本安徒生也可憐得掉在地上。

「喂，你們幾個，很囂張嘛。」大和手上拿著夾垃圾的夾子，另一手拿著垃圾桶，他直直地瞪著那群人，一點懼怕都沒有。

「大和，你別管，這是我們班的事。」

「梶，我媽說欺負女生的男生，注定沒用。」大和放下垃圾桶，一手把夾子扛在肩上，慢慢走近他們。

幾個男生看大和眼神愈來愈嚴肅也不敢造次，畢竟大和可是從小到大打架沒輸過，他不會刻意去挑釁別人，只會把來挑戰的人一一打到站不起來為止。

「沒事吧？」大和伸出手，把女孩拉起來。

「謝謝你們……」

「那個……放學要不要和我們一起去玩？」我先一步開口。

她回頭，表情受寵若驚，「好啊……啊、我、我叫做小野。」

「我是田中，他是大和。」

三人相視一笑，我有預感她會和我們變成好朋友，因為她也喜歡安徒生，代表她一定也喜歡聽故事。

「原來是去聽人講故事嗎？我也很喜歡story呢……啊、對不起，我又……」小野好像很容易緊張，她立刻低下頭，似乎怕我們生氣。

齊藤搔了搔後腦勺，「小野，妳不用害怕啦。」

「對呀，我聽說妳的爸爸是在外商工作，所以才常常需要講很多外來語，其實很多東西，如果要我們用國語表示的話，也沒辦法講吧。」小林歪著頭似乎想要舉例。

大和搶先說：「像是我家的電視啊，不用外來語還真的不會念欸。」

「大和，不用特地炫耀喔。」齊藤馬上抓包。

「哈哈哈哈！」

「他就是愛現。」我又補一句，氣氛相當和樂，小野終於露出放心的笑容了。

這趟上山氣氛相比昨天輕鬆很多，除了爬石階大家盡量保持安靜以外，其他時候我們都很吵鬧，就連聽到狗叫，也不會心驚了。

再次來到小木屋前，我們點亮兩盞油燈，幾個人期待地盯著小木屋看，果然沒一會兒門就打開了。

魔女探出一顆頭，「歡迎你們，進來吧。」

「耶～」

今天的天氣有點微涼，魔女看起來心情很好，臉頰也比昨天要紅潤得多，這次她居然準備了奢侈的布丁！

「我今天剛好在練習做布丁，還好做了很多，剛好夠你們吃。」

「哇——謝謝魔女姊姊！」眾人齊聲道謝，看著碗中輕輕晃動的布丁，都有點捨不得吃了。

我挖了一小口放入嘴中，奇妙的口感讓人新奇，甜甜又有雞蛋香的味道，會讓人上癮地一吃再吃，沒一會兒，大家的布丁都吃得乾乾淨淨。

「其他人都知道上次的故事了嗎？」

「嗯、都知道了。」

魔女喝了口熱茶，「嗯……可是今天難得這麼多人，先講點別的故事吧，你們聽過花子的故事嗎？」

「是鬼故事嗎？」小野問道。

「沒錯，妳聽過嗎？」

「嗯……第三間廁所的花子。」

「好刺激啊，要講鬼故事！」

「是比鬼故事還有一點點可怕的事喔，你們真的敢聽？」魔女試探地問著，我們幾個人互相看了一眼，只有大和和小林非常期待。

「從前從前……」

我本來也很害怕的，但聽見這熟悉的開頭，我馬上就掉入故事的魔幻世界中，我實在無法抵擋『從前從前』幾個字。

從前從前，有一對很要好的朋友，一個叫花子，一個叫悅子，她倆生日只差一天，所以從分班第一次認識後就一見如故，每天形影不離，甚至連上廁所都要一起去。

花子長得特別可愛，隨著她愈長愈大，受到的注目也愈來愈多。花子愛上了下課時去廁所躲十分鐘，悅子也會陪著一起，原本就無話不談的兩人，在那樣小小的空間中，能講的心裡話又更多了。

「悅子，我覺得老師最近好奇怪。」

「哪裡怪？」

「我說不上來，常常叫我去辦公室，卻又不說為什麼，就只讓我站在那裡，站到下一節課鐘響。」

「我知道，好幾次了，老師真的很怪！」

「不如我每次下課都先衝進來這裡，妳如果比較慢，就敲四下門，我就知道來的人是妳了。」

「好好玩喔，好像通關密語一樣。」

「對吧。」

兩人有了這個約定後，關係更加要好。

某天，悅子被老師交代要把考卷搬去教務中心，結果等她回來要去廁所找花子時，廁所前已經圍繞了許多人，老師們紛紛攔著學生，不讓大家進去裡面。

「發生什麼事了？」她隨便問了個人。

「聽說有人……有人在那裡面發生了可怕的事。」

最後這句台詞，魔女說得有點生硬，好像想刻意帶過。

「魔女，所以花子到底怎麼了？」我迫切地問道。

「嗯……她啊，發生了難以置信的事，這種事對她來說可能是一場噩夢，總之花子她，過世了。」

「花子死了？怎麼死的？妳怎麼不說清楚。」大和皺著眉，難怪剛剛聽到後來很不順。

「悅子並不知道花子是怎麼過世的，從那以後，花子過世的那間廁所，就常常會傳來聊天的聲音，如果有人不小心上到那間，門還會發出四次的敲響，如果在那時候打開的話……」

「哇！」調皮的大和果然在這個時候跳起來嚇大家，我明明已經預感到了，卻還是被嚇出一身冷汗。

「大和！你很幼稚耶！」

「呵呵呵，你們玩得開心真是太好了。」魔女表情相當滿足。

「今天就不繼續叨擾了，真的玩得很開心。」小野禮貌地站起身，舉手投足都和我們這些鄉下長大的孩子不同。

她非常有氣質，除了講話會帶外來語讓人不習慣以外，其實是個很好的人。

回程時，才發現她家和我家同個方向，和三個男生分別後，我們兩個女生終於可以好好聊天了。

「田中，妳為什麼要幫我呢？」

我欲言又止，這個祕密只有大和知道……

「其實啊，我媽媽她很喜歡國外的東西，所以幾年前她還讓人把家裡重新改造，房間全都改成洋式，外觀還是原來的日式，但裡面沒有榻榻米，只有木地板，連睡的地方都變成了床，外國人家裡的那種。」

她始終不發一語，我很怕她會告訴別人，明天讓其他人也來欺負我。

「妳也是很辛苦呢，像活在地獄一樣。」

「什麼？」

她重新露出笑容，「我是說，那以後我有什麼煩惱，都只跟妳說。」

「好哇！太好了，我也有好朋友了！」

因為這件事，我完全沒有去回想過——為什麼魔女要在今天忽然講那個奇怪的鬼故事？

*

我還是很在意花子為什麼死掉了。

也不知道是不是心理作祟，隔天第一次要去上廁所的時候，我刻意地避開第三間廁所。

結果上完出來遇見從第三間出來的小野。

「小野！妳……真厲害。」

小野不明所以，「嗯？啊……妳是想起昨天的鬼故事？」

「就有點在意啊，妳覺得花子為什麼死掉了？」

此時有幾個女生也走進來，看見我和小野在說話，全都瞧了我一眼，結果小野沒有回答我，她連再見也沒說就匆匆跑掉了。

「欸，妳跟小野很要好嗎？」其中一個女生不客氣地問。

「我們是朋友。」

「噗……真的假的，那種人居然有朋友了。」

我不打算跟這幾個沒禮貌的人辯解，走出廁所，早已看不見小野的身影，結果走到轉角處，才發現她站在那裡等我。

「我猜……花子是被背叛了。」

「背叛？」

小野的雙眼露出奇異的光芒，「不然如果沒有敲四下門，花子怎麼可能會把門打開呢？她是被悅子背叛才死掉的。」

「是喔……」我不是很能接受這種揣測，我覺得悅子和她那麼要好，怎麼可能會背叛花子呢？而且照這種說法，花子不就是被誰給殺死的嗎？

上課鐘聲響起，我迅速跑回教室，跑開前，我不禁回頭看了一眼小野，她難得笑得很燦爛，非常非常燦爛。

為什麼會那樣笑呢？

正當我疑惑時，硬生生撞上了準備進教室的老師。

「對不起！」

「田中同學，走廊上不准奔跑。」

「真的非常對不起。」我彎下九十度，誠心誠意地道歉。

「下次小心點。」

結果我才立起身，就看見大和幸災樂禍地笑著我，真是討厭。

度過了無聊的四十五分鐘，整節課我除了在想小野笑什麼，也在想花子的故事，不管怎樣直接去問魔女是最好的吧，但感覺她好像真的不想說。

「好可憐喔，一早就被老師唸。」大和一下課就跑來冷嘲熱諷，我真的很想踩他。

「吵死了，不關你的事。」

「今天還要一起去找魔女嗎？」

「當然啊，我還有事想問她。」

「如果是花子的故事，妳就不要問了。」他的表情忽然變得很嚴肅。

「為什麼？」

「我昨天回家問過我媽了，她也聽過這個故事，只說小孩子不要知道那麼多。」

「你何時這麼聽話了，我不信。」

「不說這個了，妳不覺得數學老師今天很仁慈嗎？若是平常，一定會叫妳去罰站吧。」

「大和，你到底是多想看我被處罰啊？」

「我說真的，太反常了。」

好吧，其實我也覺得有點反常，數學老師是出了名的嚴格守紀律，尤其我還奔跑撞到他，他居然只叫我小心一點，或許是他今天心情不錯吧。

午休時間，我又跑去圖書館了，早上被大和嘲笑真的很不開心，所以想看一點有趣的書來恢復心情，結果又遇到一個人在角落看書的小野。

我發現小野竟然在看《羅密歐與茱麗葉》，我之前有看過，覺得非常沉悶。

「妳喜歡這本書啊？」

「嗯、對啊。」

「我一直不知道它到底哪裡有趣。」

小野一聽，忽然有點激動，「這非常有趣！兩個明明相愛的人，卻不能在一起……是個很悲傷的故事。」

「相愛……我不是很懂，什麼是相愛？」

小野皺了皺眉頭，好像我這個問題問倒她了。「就是……被別人需要吧。」

「被別人需要就是相愛？那我爸媽也是這樣嗎？」

「我也不知道怎麼解釋，妳覺得呢？」

「可能是找到可以穿得下玻璃鞋的人？還是被命中註定的人親吻解除詛咒？這就是相愛

吧。」

「妳說的只是童話故事。」小野看起來有點生氣，我完全不知道她在氣什麼。

「趁現在中午人多，要不要去體驗看看第三間廁所？」我轉了個話題，早上都不敢去，實在太膽小了，但還是好想試試看。

「我早上已經去過了，什麼事都沒有，不過如果妳想去，我就陪妳吧。」不再討論剛剛那個話題後，小野又恢復成文靜的模樣，感覺她一定很在意羅密歐的故事。

我們一起躲在第三間廁所裡，聽著外頭人來人往的聲音，好幾次有人敲了敲這間的門，嚷嚷著這間廁所門壞了，所以打不開。

我和小野因為這種做壞事的感覺，有點開心，互相看著對方偷笑，很刺激。

午休時間所剩不多了，正當我們要打開門時，隔壁的廁所忽然傳來奇怪的對話。

「老師，我不喜歡這樣。」

「忍耐一下，這都是為了實驗啊。」

「可是……」

「噓。」

這個聲音，怎麼聽著那麼像數學老師的聲音？他們在實驗什麼嗎？

我把耳朵貼在隔間的牆上，想聽得更清楚，但因為又有人進來廁所，他們很快就離開了。

「走吧，小野。」

「抱歉，我忽然有點肚子痛。」

「可是快鐘響了耶。」

「我再自己和老師解釋吧，妳先出去。」小野的表情整個糾結在一起，看起來似乎真的很痛苦。

「好吧。」

離開廁所，我才發現數學老師還站在廁所外面，我怕他又要罰我早上的事，匆匆行禮就跑掉。

下午第一節課結束後，學校忽然命令我們提早放學。

「為什麼可以提早放學啊？好好喔。」

「同學們，請依照老師指引的路線放學，千萬不要亂走。」老師的表情很嚴肅，就像我們段考考不好的時候一樣，感覺學校出了什麼事。

結果大和早就先一步溜出去偷看了，等他跑回來，就立刻衝到我旁邊。

「大和，怎麼樣，學校發生什麼事了嗎？」

他的臉色有點慘白，我從沒看他這樣過。

「那個……小野她……死在第三間廁所裡了！」

「什麼⁉」我驚呼出聲，旁邊的同學都抬起頭看我，我趕緊低下頭。

「先放學吧，離開學校再說。」

「嗯。」

我雖然假裝冷靜地點點頭，但全身已經止不住地發抖起來，鐘響前我們還一起待在那裡面的……怎麼會突然……

是花子。

一定是花子的詛咒！

花子開始詛咒我們了！

「喂！田中！」大和忽然拍了拍我的肩膀，才發現我已經恍神地站在公車站牌處。

「妳冷靜點，先別亂想。」

「大、大和……我……我們午休的時候還一起在、在廁所裡……我們一定是被詛咒了！」

「不是的！肯定不是的。」連大和都有點語無倫次了，還想安慰我。

我們一起走到附近的石椅休息區，這裡人比較少，比較好討論。

「我聽到老師們說，她是被掐死的。」

「掐、掐死……」我忍不住摸了摸脖子，渾身發冷。

「先、先等等……我……我好害怕。」我有點無法再聽下去，就連現在要我接受不久前還一起說話的人死掉了，我都有點……無法想像。

死亡這件事對我來說，和白雪公主吃了毒蘋果沈睡完全不一樣。

就好像我一直活在美好的世界，忽然被大人告知，世界就要毀滅了一樣。

我們兩個完全沒有提早下課的喜悅，呆呆地坐在石椅上發呆了很久，其實時間也才下午快三點而已。

「去找魔女吧。」大和忽然說道：「聽她說故事，然後我們就會忘記了。」

「……嗯。」當然不可能忘記，只是我們現在需要一點事情轉移注意力而已。

「早知道，我就不要太好奇跑去偷聽老師們在說什麼了。」大和呢喃，他居然也會有這樣喪氣的時候。

平時都是快要傍晚的時間來，難得在下午陽光正盛的時段，我才發現無論太陽多大，都照不進這裡，好像這裡是個連光都不願來的地方——這裡明明那麼神聖。

以往我們都直接經過神社，今天默契地一起在神社前拜拜、祈禱。

我們把油燈藏在神社後面的樹叢裡，拿好了燈就前往魔女家，也不知道是不是時間不對，亦或者魔女唱歌唱得太投入了，所以才沒發現我們站在外面。

「這首歌……」我對這首歌有點印象，應該說每個人的童年，都一定聽過。

「我覺得她唱得好恐怖。」大和說道。

「這首歌叫什麼名字來著？」

籠子縫　籠子縫

籠中的鳥兒

什麼時候飛出來
在黃昏的晚上
鶴與龜跌倒了
站在後面的是誰呢

「是籠中鳥……」大和聽著歌詞想起來了，我也想起來了，玩猜鬼遊戲都要唱這首，但其實我很不喜歡玩這個遊戲，每次唱到最後一句，都莫名覺得站在背後的那個人，好像正用什麼恐怖的表情在看我，應該是因為矇著臉蹲著產生的恐懼吧。

嘎——嘎嘎——

烏鴉從頂上飛過，而魔女的歌聲，還在。

3.

——「你們今天，怎麼來得這麼早？」

魔女的歌聲還在屋內唱，但魔女說話的聲音卻從我們背後傳來。

我瞪大眼睛，瞥了眼大和，我們牽緊了彼此的手，同時轉過身——只見魔女戴著一頂草帽，笑容可掬地看著我們。

「那是我自己用錄音帶錄的兒歌，打算你們今天來，講故事的時候用的。」

「原來……」我鬆了口氣，才發現自己冒了好多冷汗。

她摸了摸我倆的頭，「太陽這麼大，快進屋吧。」

今天的心情起伏實在太大了，我覺得精神相當疲憊，進屋後，發現桌上已經擺好兩杯涼涼的茶，口乾舌燥的我立刻喝起來，大和卻皺著眉，動也不動。

「怎麼了？」

「她明明是從我們背後出現的，又是怎麼知道今天只有我們兩個人？」這裡擺著的兩杯涼茶，怎麼想都很突兀。

魔女端著點心走進來，「剛剛我本來有客人要來，可是他遲到了，今天應該不會來了，這兩杯茶不是預先準備給你們的。大和，你很敏銳呢。」

「原來如此。」大和雖然敏銳，但很快就接受這個說法，我也覺得沒什麼怪，魔女是大人，大人如果只跟小孩當朋友，我才覺得怪。

「你們的臉色今天都很難看，發生什麼事了嗎？」

我馬上把今天學校發生的事鉅細靡遺地說一遍，說到小野死掉的事，卻很快帶過，也許我並不想要在腦海裡勾勒她最後死掉的樣子。

魔女的表情很凝重，她先喝了口茶潤潤嗓，「你們今天也經歷了很多呢……」

「魔女，我們是不是被花子詛咒了？」

「絕對不是的，那只是一個故事而已，今天發生的也只是意外……我說點別的故事，讓你們忘記恐怖的回憶吧。」

大和沒有露出輕鬆的表情，反而眉頭愈皺愈緊，「魔女，妳應該不會說個更恐怖的故事嚇我們吧？」

她失笑出聲：「這樣我不就真的是個可惡的魔女了嗎？放心，是個有趣的故事。」

「可是妳剛剛錄的那首歌，唱的方式很恐怖！」大和繼續否定她，我也有點贊同，那首歌真的滿詭異的。

「唉呀，小孩子果然都很誠實呢，我確實不適合唱歌，曾有人跟我說，他愛我的全部，就連我難聽的歌聲，他也願意忍受，結果在一起久了，他還是不准我隨意哼唱了……抱歉，我好像不小心抱怨了。」

她翩然起身，替我們重新添滿涼茶，並拿出仙貝來給我們吃，平常大和一定瘋狂跟我搶食的，也不知怎地，他今天除了有喝幾口茶之外，什麼也沒吃。

魔女接著之前說的公主的故事。公主和男子維持了很長一段時間的幸福，可公主卻為了生計愈來愈疲憊，連曾經的美貌也逐漸凋零，她感受不到男子的愛，少了愛的滋潤，公主的美貌枯萎得更快了。

「你為什麼昨天沒回來？你怎麼能在外過夜呢？」公主等了男子一夜，黑眼圈讓她看起來更憔悴。

「不用妳管！」男子大搖大擺地走進房間倒頭就睡，公主就算傷心，但因為很愛他，所以願意忍耐，她相信終有一天，男子會重新愛她——因為，他們就要有自己的寶寶了。

結果好景不常，她還沒來得及告訴男子這個喜訊，男子忽然得了怪病，他睡到一半忽然吐血，胃彷彿有蟲子在啃咬他，他痛得在地上打滾，公主趕緊聯絡醫生來給他治病，才挽回性命。

「不能再老是喝酒了。」這是醫生的叮囑，但男子並不打算聽進去。

「我懷孕了。」

「什麼?!妳？」男子不可置信，他瞪著她的肚子，表情沒有任何一絲喜悅，反而是滿滿的嫌惡。

公主安慰自己，只要孩子出生了，男子看了一定會有為人父的喜悅，他現在只是還無法適應而已。

他們一定會永遠幸福快樂，她深信。

最終，孩子沒能順利生下。

在她已經大腹便便，準備臨盆時，不慎從樓梯上摔下來，她只生下了一個死胎。

公主哭得撕心裂肺，她以為自己逃開了悲慘的命運，事實上她只是逃到了另一個地獄。

過沒幾天，不聽醫生勸戒的男子，終究因為飲酒過度而吐血身亡，公主什麼也不剩了，她彷佛回到最初一個人逃亡的孤獨，她一個人默默走出木屋，看著逐漸從黃昏轉變成黑夜的天空，笑了。

「妹妹，和我一起回月亮吧。」她身後出現一個聲音，那是她的姊姊，竹取公主的聲音。

經歷了地球的一切苦難，她終於可以回家了。

魔女說完故事，眼眶有點紅，她比我們還沉浸在故事情節裡，「我沒騙你們吧，這不是恐怖的故事。」

「可是她和她的愛人並沒有好的結局……」我遺憾的說，而且小寶寶也沒能生下來。

魔女搖搖頭，「最終還能和家人團聚，回到自己故鄉，世上沒有什麼比這件事還要幸福了，你們還小，有天離開了這裡，終有一天還是會回到故鄉來。」

我似懂非懂，但至少這個故事在心中有個完結，心情也轉移了不少。

一直沉默不語的大和，抬眼說道：「我們不會再來了，油燈還妳。」

「大和，你在說什麼啊？你不來，我還會！」

「跟我走！」大和從來沒有這麼態度強硬過，他用力拉著我，我則依依不捨地看著魔女。

「我知道是誰殺了小野喔。」

大和一怔，「誰？」

「因為田中把今天所有的事都描述得很清楚嘛，所以我也聽出一些端倪了，不介意的話，我再去泡杯茶，你們等我一下。」

大和看起來很生氣，但又不走了，他嘟著嘴坐在一邊，還順便瞪了我一眼。

「你瞪我幹嘛？」

「田中，妳是笨蛋嗎？」

「你說什麼？」

「別吵架嘛，都是好朋友。」魔女仍舊親切，不懂大和幹嘛對魔女忽然那麼有敵意，當初也是他先發現魔女的，不是嗎？

魔女喝著自己泡的熱茶，表情很是享受，「田中妳的記性一定很好吧？」

「嗯，我可以記得很多事。」

「難怪，妳真是個聰明的孩子呢，把任何細節都記得清清楚楚，日後……不知道妳還會不會記得今天的一切呢？」

什麼？我永遠也無法忘掉小野的事嗎……難道，我從今往後，會天天做惡夢了嗎？

「魔女，請妳趕快說，我們要趕著回家。」

「天都還沒黑呢，你們今天不是提早放學嗎？好啦，我就挑重點說，小野是被數學老師殺死的。」

「什麼?!」我跟大和同時驚呼。

「沒錯，至於原因嘛……」魔女睨了大和一眼，「原因和花子相去不遠。」

大和倒吸一口氣，立刻拉著我說：「我們走。」

「什麼意思？果然是被花子詛咒嗎？為什麼會是數學老師殺人？」

「妳不要再問了，明天去學校也不要亂說話，如果不想被警察問話的話。」大和的威脅很有用，想到會因此被警察問話，內心就更恐懼了。

我們匆匆離開魔女的木屋，這次離開我們沒有帶走油燈，她卻還是親自站在門口送我們，直到最後一刻，她的親切笑容都沒有變。

下山後，我擋在大和前面，「大和，你幹嘛像變了個人？魔女明明對我們那麼好，還安慰我們，你怎麼可以這樣對她？」

「煩死了，反正妳最好別再去，我也會告訴齊藤他們，妳要是敢自己一個人去就去。」

「我為什麼不敢？」

「因為從這座山下來後，一定會經過白眼奶奶家，到時候天色昏暗，妳敢一個人過？」

「嚇！你簡直就是魔鬼！」

「如果妳乖乖聽我的，等畢業的時候，我就告訴妳花子的真相。」

花子的真相，也意味著小野的真相……我癟癟嘴，其實很不甘心為什麼大和那麼聰明，已經知道了。我更痛苦的是，小野的事……我不知道死亡是怎麼回事，想到這輩子都無法再見到她，就很難過，雖然我們也才認識沒多久。

「好，我答應你。」

像我們這樣的小鎮出了這麼大的事根本瞞不住，隔天去學校已經人人都在說小野是被數學老師殺死的，而且老師已經自首投案了。

沒人知道為什麼那麼嚴謹的老師會突然殺了學生，只說他是邪惡的化身，居然連這麼小的孩子都下得了手。

也沒人關心小野她痛不痛苦，還是以後本來想當什麼樣的人，卻沒辦法當了。

放學後，我一個人走到神社的山腳下徘徊了半天，正當我決定折返時，卻聽見了呼嚕呼嚕聲，就在神社上面！

怎麼回事？那不是我每次做惡夢都會聽到的怪聲嗎？

我應該要趕快逃走的，因為那個聲音很可怕，但我忽然像得到了小野的勇氣，竟然一步又一步快速地往上爬，想要一探究竟……

爬上神社後，那個聲音早就沒了，這上面沒有半個人。

我正要離開，爸爸卻忽然出現了！他從神社後面走出來。

「妳在這裡幹嘛？」

「我……我上來參拜。」

「不是跟妳說過，小孩子不准跑上來這裡玩嗎！」

「對不起……」爸爸拉著我一起下山，我其實很想問問爸爸，他剛剛有沒聽到奇怪的聲音。

＊

晚上，我在床上翻了很久都睡不著，只能閉著眼睛等待自己能快快睡去。明明昨天晚上睡的時候，都沒有想起小野，不知為何今晚只要一閉上眼，最後和她說話的那一幕就一直湧上來。

我好像可以看見小野痛苦地說：「田中！我被花子抓走了！」

不，她是被老師殺死的。我努力告訴著自己。

喀啦——

我的房門被推開了，媽媽一直沒有幫我換新鎖，門都爛成那樣也沒辦法換吧，且自從門壞了，她也不會對我突擊檢查了，好像少了鎖反而讓她變得很有安全感。

家裡的氣氛愈來愈奇怪，已經很久沒有三個人一起吃飯，不是我和爸爸兩個人吃，就是和媽媽，或者我自己一個人。

呼嚕呼嚕——呼嚕——

又是那個聲音，這次我可沒有從睡夢中醒來，所以我可以確定絕對不是幻覺。

我假裝翻了身，面對聲音的源頭，想要偷偷瞇眼看看到底是誰一直發出這種怪聲。

雖然我心裡還是很害怕，會不會是小野或白眼奶奶的鬼魂……

結果我一睜開，看見的卻是沒有穿褲子的爸爸。

「爸……爸？」

爸爸和我對上眼，似乎也很驚恐，他的表情瞬間扭曲，並且一步步地走近我……

「你這個混帳！給我出來！」媽媽氣瘋了，她吼出來的聲音比猛獸還恐怖。

「妳聽我解釋……我只是……妳知道的，我只是看著而已！」

媽媽完全不理會，她衝去廚房拿了菜刀，手上還另外拿著一張紙，「你這個人渣，馬上簽名！馬上在這個上面簽名！」

「妳故意的，妳早就準備好了，妳想要跟那傢伙在一起！對不對？」爸爸也生氣了，平時他明明對媽媽的歇斯底里，都不會回半句話才對。

「你是要簽名，還是我報警？你那間小小的工廠，經得起這種醜事曝光嗎？」

「毒婦！我可以簽，但孩子不能給妳。」

「不給我難道要留給你繼續……做這種噁心的事？你真的是個垃圾耶。」媽媽此時看見我從房間探頭出來，立刻命令我：「去收拾一、兩套衣服，我們現在就要走。」

「可是……我明天還要上學……」

「快去！」她用著刺耳的聲音吼道，我不敢頂嘴，只能乖乖收了一套衣服和一套制服。

大半夜的，我們母女倆就這樣忽然離家，這個時間也沒有公車，我們只能坐在白眼奶奶家前等待第一班公車來。

直到這個時候，媽媽才忽然哭了起來。

「媽……不要哭……爸爸一定很快就知道自己做錯的，你們會和好的！」我不知道爸媽到底在爭吵什麼，該說他們一直沒有大吵過，都是媽媽單方面的怒吼而已，只有這次很不一樣，甚至還帶著我離家出走。

媽媽摸了摸我的頭，很溫柔，她已經很久沒這樣摸我了。

「以後……不會有爸爸了，以後只有我們。」

「什麼意思？」

「爸爸是壞人，他做了很壞的事，妳要忘記今天看到的一切，不必記得。」

我歪著頭，其實不清楚媽媽是希望我忘掉她拿菜刀的模樣，還是爸爸沒穿褲子的模樣。

「那……我們以後要住哪呢？不回家了嗎？」

「嗯，明天妳就請假吧，妳先一個人待在旅館等媽媽，等處理好全部的事情，媽媽就去接妳。」

雖然明天不用上學很好，可是一個人待在旅館裡，好像更無聊。內心有很多抱怨，可我一個字也不敢說。

媽媽肯定不知道，她現在的表情，比爸爸沒穿褲子的表情，還可怕。

我們去了火車站旁邊的旅館，我從沒住過，覺得很新鮮，感覺自己變成有錢人家的小孩，想像著自己跟家人一起去外地玩。

當然，都是假的。

等到我下午睡醒，看著桌上的紙，上頭的兩個字讓我很納悶：「離婚。」

我記得去年好像聽過這個詞……

啊、是大和說的，他說他的姊姊離婚回來家裡，爸媽不接受姊姊發生這種事，所以把她趕走，還斷絕了關係。

離婚就是，爸爸和媽媽決定不當夫妻了。

也就是……

我吞了吞口水，「所以我們真的不回家了！」

為什麼？昨天晚上到底發生了什麼事，讓媽媽那麼生氣，氣到要做這麼重大的決定！大和說了，如果被人知道離婚的話，大家都會覺得這個人很失敗，還有他生的小孩也會很失敗。

「我、我變成了失敗的小孩……」我不要變成這樣，我不要爸媽離婚！我、我也不想要離開家裡，我……

我現在才意識到家裡正在發生多麼嚴重的事，而我什麼也無法挽救，此時腦海閃過一個人，我直覺地認為，她一定知道該怎麼辦。

「魔女那麼聰明，她都有辦法知道老師是兇手了，一定也能幫幫我！」

我偷偷打開房門，趁著旅館的奶奶不注意，趕緊偷跑出去，身上剩下的零錢不夠我轉車，只好走了一個多小時，走到平時搭的那條線，才終於能上車，或許是剛好遇到看完病要回村的老人家們，公車上非常多人，我低著頭，不想被人認出來，也不想被關心為什麼眼睛紅紅的。

爬石階時，每爬一層，我都在心裡祈禱一次：「拜託，希望我們家不要離婚。」

離婚的話，以後該怎麼辦……我再也見不到爸爸了嗎……雖然爸爸很少帶我出去玩，也很少和我聊天，可是……他以前總是會陪我睡覺，我做惡夢也是第一個到床邊安慰我的人。

天氣陰陰的，比起平時爬上來滿頭大汗，今天不但沒流汗，還覺得有點冷。

穿過草叢，魔女家的木屋亮著燈，門也開了一半。

難道已經有人來找她了？大和不是說過，要叫大家都不要來嗎？

慢慢走到門邊，才發現走廊有髒髒的腳印踩髒了地板。

我儘量不發出聲音走進去，我直覺認為魔女家可能遭小偷了，也不知道魔女有沒有怎樣。

一步兩步走到客廳，發現有個男人正在吐血！不……不是『正在』，是已經吐了很多血倒在地上抽蓄，他兩眼倒吊、身體扭曲，嘴巴還吐著血泡，我嚇得連聲音都發不出來！甚至連拔腿跑的力氣也使不上，就像被人釘在那裡似的，只能直直盯著表情恐怖的男人。

空氣中有股刺鼻的味道，這個味道從門口就聞到了，為什麼我沒發現這是血的味道呢……一個歌聲在我背後輕輕唱起：「在黃昏的晚上，鶴與龜跌倒了，站在後面的是誰呢？」

「呵呵，是我喔！」魔女把手搭在我的肩上，手慢慢撫摸著我的頭和拍著我的背，「噓……別大叫，也別哭喔，公主的男人只是按照命運，變成如此罷了。」

「故事又成真了嗎？」

她在我耳邊笑了，「妳真的很可愛呢，從一開始，我就覺得妳很可愛。是啊，就把它當成，從故事書裡跑出來的人好了，這樣就不可怕了。」

我終於能移動脖子了，轉頭看著魔女，發現她臉上依舊掛著溫柔的笑，就好像，她和眼前的景象無關。

她輕輕牽起我的手，把我引領到廚房，拿出一個布丁給我。

「聽故事要配點心啊，只是今天沒有茶，吃完就趕快回家吧。」

我端著布丁，布丁盤因為我手抖動得厲害，也晃動得誇張，我已經沒有勇氣再抬頭看魔女了。

「魔女……魔女妳……是人類嗎？」

魔女忽然捧腹大笑，笑了好一會兒才說：「孩子，妳在說什麼呢？我當然是人類啊，說故事是我的興趣，把故事變成真的，則是我的樂趣。」

匡！

布丁盤摔碎在地，魔女最後的這句話，把我最後一點想要逼自己相信一切都只是童話故事成真的幻想，通通打碎了！

我一步兩步地後退，不敢看她也不敢回頭，用盡全力往外跑！我想我跑得一定很快，快到比跑馬拉松的時候還快！快到一個不小心，在石梯上滾了下去，摔得滿身是傷也不感覺痛，就是一鼓勁地跑！用力跑！

跑到公車站前遇到從家裡出來要搭公車的媽媽，我看著她的表情逐漸憤怒，正要對我破口大罵時，我就失去了意識。

血。

都是血。

白眼奶奶一定也流了很多血。

小野不知道有沒有流血。

公主的男人，最後吐了很多血。但是公主身上，卻乾淨得連一滴血都沒有。

「嚇——！」

倏地睜開眼，我發現自己躺在空無一人的旅館，怎麼找也找不到媽媽，當我哭著衝到一樓時，才發現媽媽正在和警察說話，奇怪的是，他們說什麼我都聽不見。

耳邊直到最後，都只聽見魔女用著氣音唱著：「在黃昏的晚上，鶴與龜跌倒了，站在後面的是誰呢？是……」

4.

或許從一開始，我就不該約田中去神社探險。所有的悲劇都是從我開始的。

我本來只是覺得好玩，看到田中嚇成那樣很有趣，那天先一步爬上神社後，我看到森林的深處有光，好奇朝那個光源走去，於是我看見了彷彿如畫冊上才會有的人物，是個非常漂亮的女人，漂亮到不可思議，好像仙女一樣。

她邀請我進屋，還說等等可以捉弄一下我的朋友，我覺得很有趣，實在太想看到田中嚇到跌倒的樣子，但她卻把我帶到閣樓，在她說可以之前，我不可以打開門。

我不知道她在外頭準備什麼，後來我聽到了田中的聲音，從閣樓探出頭，那瞬間，我看見田中背後的女人，眼神有點恐怖。我以為是我看錯了。

女人讓我們叫她魔女，我覺得這個名字不太適合她，她比較像七夕裡的織女，因為被牛郎偷走了羽衣，所以才流落人間。

田中也玩得很開心，她不再害怕要爬上神社這件事，當我告訴其他人這段經歷，也覺得有點虛榮心。

可第二次聽到的花子故事實在太奇怪了，回家後我跟媽媽說了這個故事，她的表情很不好看，還逼問我是去哪聽到這個故事的，最後我被罰站兩個小時，到最後媽媽都沒告訴我，為什麼要因為一個故事而罰我。

鄰居中村爺爺家裡有很多藏書，而且對我也很好，隔天上學前起了個大早，趁著中村爺爺外出種田前，我去問了他花子的故事，還把被媽媽罰的事也說了。

「這也難怪你媽媽這麼生氣了，說故事給你們聽的人，最好別再去見了，這並不是適合講給孩子聽的故事。」

「連中村爺爺也不願意告訴我嗎？」

他欲言又止，順了順他白白的眉毛，「孩子啊，我怕會對你的心靈發展不好，如果你答應爺爺，千萬不要覺得這是件好玩的事，而是會傷害到別人的事的話，我就告訴你。」

他講話變得很饒舌，我似懂非懂，就是不要模仿這個故事的意思吧，我用力點點頭，和他做了男人間的約定。

「花子一直在那間廁所等待她的朋友，結果卻被心懷不軌的男人給傷害了，男人不只傷害她的身心，因為害怕她去告訴別人，所以就把她殺了。」

「傷害？」

爺爺摸摸我的頭，「就是強迫對方和他做和爸爸媽媽一樣的生小孩行為。」

我倒吸一口氣，想起魔女昨天說完故事的表情，忽然覺得很悚然，「真、真的嗎？」

「嗯，別害怕，這都只是個故事，記得別再去找那個人了。」

為什麼魔女要和我們說這種故事呢？尤其是田中那種好奇心旺盛到不解開謎底就不罷休的人，要是讓她知道真正的結局，一定會很害怕吧。

這可不是那種看不到、摸不著的鬼故事，而是有可能發生在真實世界的事！我忽然覺得有點噁心，也很害怕大家知道真相後的反應。

沒想到，這天下午，小野發生了和故事中一模一樣的事！一模一樣！

我聽見老師們驚恐地說：「怎麼會有人對這麼小的孩子做那種事！太噁心、太恐怖了！」

「噓！小心被孩子們聽到！」

「是外來者嗎？我們學校應該不可能有這種人吧。」

老師們的竊竊私語，讓我馬上聯想到花子最後的死法，尤其是那種曖昧不明的話語，更讓我覺得，小野和花子的故事一定是一模一樣！但怎麼可能呢？昨天我們才聽到這個故事，今天就發生這種事……我覺得很害怕，非常非常害怕。

我很想知道，這件事和魔女到底有沒有關係。

當魔女說出犯人的那一刻，我更加確定了——魔女，絕對知情，她一定和小野的死有關，而我們再和她牽扯下去，我們可能也會死。

我最擔心的就是田中，齊藤他們好奇心沒那麼重，我跟他們說別再去，他們肯定不會去。但偏偏，隔天田中居然請假了，整天上課我都心不在焉，內心總有種不詳的預感，無論田中為什麼請假，要是她今天一個人跑去就糟了。

於是我一放學就馬上前往神社，結果在快要抵達時，我看見了臉色蒼白奔跑在路上的田中……

到底，發生了什麼事？魔女對她做了什麼嗎？

我一定要把真相告訴大人，所以即使很害怕，我決定再去一次魔女的家。

也不知何故，這天的神社階梯，比往常還長，我覺得自己爬了很久，森林木屋那個方向，看起來也像有團黑氣籠罩般，草叢很凌亂，可以看出田中剛剛從這逃跑時，真的很驚慌失措……

我覺得自己的心跳聲愈來愈大，冷汗也一直冒，心中有無數個聲音在阻止自己往前，最後我只能躲在樹叢中，偷偷觀察木屋的情況。

木屋看起來和往常沒有不同，一樣亮著燈，門卻是敞開的，我儘量把自己的身子藏在草叢間，以防魔女看過來會發現。

沒一會兒，大門出現了動靜，魔女慢慢地走出來了，一手還拖著一個東西……她拖著的是、是……一個男人！

男人上半身沾滿了血，任憑她拖行卻一點反應都沒有，腦海裡馬上想起魔女最後一次說的故事……我發現自己已經害怕到渾身發抖到無法控制！草叢的聲音引起魔女的注意，她刻意地看了過來，我很確定我這個位置她看不見我，但她那雙眼，彷彿是在直視我，因為她朝這邊露出了一抹淺笑——那是魔鬼才有的笑容，是一輩子做惡夢都會夢見的笑。

她沒有走過來，而是繼續拖著男人拖到木屋後面，我一直等到她完全走到後面去，才拔腿狂奔！

我搭上公車，回家後立刻告訴媽媽這件事，讓她帶著我一起去警察署報案。

「小子，如果你捉弄我們的話，這可不是被打一頓就能解決的喔。」警察仍舊半信半疑，媽媽一直緊緊牽著我，要我不要擔心，她相信我看到的。

最後，警察趕到時，木屋竟然已經起火了，神社上有人縱火引起大家震驚，滅火後，只在現場發現一具面目全非的男性屍體，其他什麼證據都被燒個精光，唯一的證人，就是我和田中了。

結果田中因為受到極度的驚嚇，已經神智不清，她的媽媽不願意讓她再回想目擊的事，沒多久她就和媽媽搬離這個地方，我再也沒有她的消息，連和她說聲對不起的機會，都沒有了。

這一切，都是我害的。

如果不是我說要去探險，什麼事都不會發生了。

一天放學，中村爺爺叫住了我。

「孩子，難道你之前聽故事的地方，就是在神社那間木屋嗎？」

「對……」

「真可怕哪、真可怕。」

「為什麼？是因為那個人是……殺、殺人犯？」

「她是殺人犯是後來的事，我是說，你們居然跑去那個地方，真可怕。因為那裡可是我們這裡唯一的妓院啊。」中村爺爺說完最後一句，露出意味長深的笑容，本來我以為他很親切，但他最後的表情，卻讓我起了雞皮疙瘩。

不只魔女會這樣，所有人都一樣，看起來像戴著人皮的面具，但其實人皮底下藏的，都是魔鬼。

我是在幾年後，才知道『妓院』的意思。

更知道了，村裡的男人，幾乎都去過那裡。

第三幕、中島

1.

小小的室內運動場內，排球不斷傳接，我已經練了好幾個循環的傳球了，即使雙手痠痛得發麻，卻一點也不累。

直到哨音響起，傳接位子交替，我才鬆了一口氣。

「中島，妳的體力極限愈來愈好了！」西口交換時偷偷說道，「還記得妳二年級的時候，只能撐兩個循環呢。」

「妳也不差啊。」

「當然啊！別忘了我們還要練習移行換影，比賽的時候把對手給嚇一跳！」

「笨蛋，真的在比賽時那樣，一定會被教練罵。」

教練像是有順風耳似的，立刻朝我們這組看過來，我倆趕緊閉嘴，乖乖就定位。排球社團每天的日程大概就是這樣，持續不停訓練，一個禮拜會安排一次分組比賽，一個月會和其他學校打一次友誼賽。

要不是因為《排球甜心》和《青春火花》這兩部漫畫太紅，紅到得用抽籤抽選社員，我早就在國一的時候就能入社了，也不會現在就算再怎麼練習，感覺還是追不上其他人。

揮汗如雨的社團時間結束，我和西口一起把水龍頭開大最大，拚命在臉上沖水，這才緩解了初夏的燥熱感。

用毛巾把臉擦乾，因為運動服都濕漉漉的關係，我的內衣形狀有點透了出來。

「哇賽，中島的身材是不是愈來愈豐滿了啊？」同年級的男生，會注意到的地方果然只有這裡，我不予理會，西口倒是狠狠瞪了他一眼。

「噁心，這些臭男生真的很噁！」

我其實不怪他們，因為我也覺得自己的身材太突兀了，而且我很討厭胸部一直不停生長。明明小學時，胸前還平得跟什麼一樣，怎麼知道上了國中開始急速生長。

「不說那個了，我們來討論昨天那一集吧！終於要到世界錦標大賽了！」

西口立刻猛點頭，「對啊！我超級期待由美和麻理的對決的！」

「反正不管怎樣，肯定都是立木大和贏啊……欸，妳這個看完漫畫的，小心別先告訴我。」

西口趕緊摀住嘴，差那麼一點她就要告訴我結局了。

「妳還真奇怪，大家都想馬上看到結局，所以都去看了漫畫，只有妳，一直乖乖等每個禮拜更新。」

「因為這樣活著才有希望啊。」

「噁，那什麼老頭子的發言，欸！朝比野，你今天『經過』得有點慢喔，我們練習都結束了。」

我偷偷瞧了朝比野一眼，他還是一如既往地靦腆，連我的眼睛都不敢直視，卻在經過的時候，忽然把他的外套丟給了我。

「喂……這要幹嘛？」

他輕咳兩聲，「妳那裡太透明了。」說完，他就捧著手上的書趕緊跑走，好像他才是那個害羞的女生。

「喂、妳真的喜歡他嗎？他好土喔。」

「說什麼喜不喜歡的，我又不懂什麼是談戀愛。」

西口眼睛瞇成一條線，笑咪咪盯著我，愈看我愈心虛，覺得披著朝比野的外套好彆扭。

「幫我把外套還給他！」

「中島，不要生氣啦，我開玩笑過頭了嘛。」

急奔回教室後，才剛背起書包，就發現班上最愛直直地盯著我的胸部看的出崎，也進了教室。

「中島！妳衣服上沾到東西了！」出崎大聲地說。

「呃……有嗎？」

「有哇！」他意有所指，我不想理他，把東西收完，他已經走到我的書桌前，他仍不閃避地繼續看我的胸部。

砰！

教室的門被人用力拉開，西口一臉憤怒地吼道：「你給我離中島遠一點，信不信我真的去你家告訴你媽，說你每天都在看女同學的胸部！」

「靠，沒人這樣的啦，不准跟我媽說喔！」出崎不高興地踢了一下桌子，我被這個聲音嚇了一跳，退縮了幾步。、

「吼！妳就是這樣，幹嘛不要直接對他發飆啊？那種噁心又變態的傢伙，直接開罵就好啦。」

我抿抿唇，「妳知道我不擅長那樣的。」

「那他剛剛如果真的摸妳怎麼辦？」西口挑挑眉，她隨手把書包往肩上一扛，十足十大姐頭的姿態。

「我也不知道。」

「真受不了妳耶，果然是我們三年級人氣最高的美女了，會打排球人又好，而且還有個很帥的支持者在暗戀妳。」

「別聊這個了，很無聊。我們繼續討論昨天的進度吧。」

我是真的覺得無聊，誰向誰告白，誰告訴誰他們分手，我覺得我們就像在玩扮家家酒，就算真的交往也只是牽牽手，那樣就叫做戀人嗎？

那我牽著西口的話，我倆不也變成情侶？那不是很奇怪嗎？我們都是女生耶。

想到這裡，我忽然牽起西口，她嚇了一跳。「妳幹嘛啊？」

「我只是在想，是不是只要牽了手，就是……」

西口爆笑出聲，「認識妳這麼久，還不知道中島妳原來這麼可愛嗎？我如果是男生都要鼻血噴了！」她模仿著男生最近很愛學的誇張噴鼻血的動作。

「先不說我早就喜歡足球社的伊東了，妳太單純了，哪可能牽手就是談戀愛，妳媽媽該不會告訴妳牽手就會懷孕吧？」

我臉一紅，垂下了頭，「西口，妳小聲一點啦，這不是大家都知道的嗎？」

最後，西口笑到只差沒在地上打滾，她說我太單純了，還是不要說太多汙染我得好。

我不是很懂「單純」這兩個字的意義，因為叔叔也老是這樣說我。

叔叔是媽媽的第二個老公，也是我名義上的爸爸，我們一家三口很幸福，至少在我從小到大的記憶裡，有叔叔在的家，是最快樂、笑聲也最多的。

回到家第一件事就是先洗澡，我不是很了解叔叔的工作，他有時白天一整天都在家，有時也可能好幾天沒回家，偶爾會出去一個早上，下午就回來了。

「回來啦？」叔叔敲了敲浴室的門，我從澡缸中探出頭，應了聲。

「今天吃牛肉飯吧。」

「好。」

「媽媽加班，所以有沒有想吃的？叔叔都準備給妳。」

「當然是炸的！」我的聲音喊太大聲，整個浴室都充滿了回音。

「哈哈哈哈！好，一定給妳準備。」

媽媽今天又加班，她加班的時間似乎愈來愈多了，我有時一個禮拜看不到她幾次，我和叔叔的親密度，都比她還高。

只有我們兩人的晚餐一點都不無聊，叔叔每次都會和我分享很多新奇有趣的事。

「妳想不想去大阪萬博？叔叔可以帶妳去。」

「可是媽媽她……」

「別管妳媽，她就是個工作狂，反正去那一天就能回來了，開開眼界也好。」

「新幹線很貴。」

「不貴、不貴，我處理，那就這麼說定了囉，下禮拜周末我們就去。」

「會過夜嗎？」

叔叔溫柔一笑，「妳怕媽媽一個人在家無聊啊？」

「我們女兒真乖，非常乖。」他揉揉我的頭髮，我只得低下頭，緊張地摸著自己的裙子。

我乖嗎？

我真的乖嗎？

「什麼乖不乖的？你們在聊什麼？」忽然回家的媽媽，隨便問了兩句，也不等聽到回答，就跑回房間裡了。

「妳慢慢吃，美智子大概又想在房裡用餐，我端進去。」

我很喜歡叔叔，原因當然是他愛我媽，還很尊重她的想法，否則在現今，女生還丟下丈夫孩子出去工作，一定會被人說三道四。

但是偶爾，我也有點討厭叔叔，不……最近也開始討厭媽媽。

＊

「大阪萬博⁉」隔天第一節下課，我把要去萬博會的事告訴西口，她看起來很驚訝。

「是啊，這樣周末就不能看最新一集了……」

「不是，真的要去那麼危險的地方嗎？兩個月前，那裡不是才發生了地下鐵瓦斯爆炸事故……」

「原來妳是在擔心這個啊，叔叔說到時我們就搭公車，就不會搭到地下鐵了。」

「哇……那就好，我還真怕妳像阿貞那樣死掉，就不能和我移形換影了……啊！」

我瞪著西口，但她說的話已經覆水難收，「可惡啊！就叫妳不要告訴我後面的劇情了！」

「對不起、對不起！」她邊跑邊道歉，我也奮力追出去，才剛跑到走廊，就硬生生撞到了朝比野！

「啊、對不起！」我揉著鼻子，吃痛地說。

朝比野慌張地說：「中島，妳沒事吧？」

「沒事、沒事……」

他立刻拿出手帕，「妳都流鼻血了……」

此話一出，立刻引來班上愛看熱鬧的人的注目，我連忙拿手帕摀住鼻子，但其他人已經哄堂大笑了。

「中島妳也會害羞啊？看來朝比野有希望喔。」

「談戀愛、談戀愛！」

很快地就有人在黑板上畫雨傘，寫上我和朝比野的名字。

西口看我表情愈來愈不對，趕緊制止臭男生的起鬨，「老師來了！」

一聽到這聲警告，大家紛紛回到座位，朝比野也裝作沒事地做回他的位子，整堂課下來，他沒有再轉過來看過我一次。

他的手帕有一種好聞的味道，上頭樸素的圖案就像他的人，雖然簡單卻很有存在感。內心萌生一種複雜的心情，就像我最近有點討厭媽媽的心情，一樣。

結果，我分心了。

每次小考都滿分的我，竟然因為分心錯了兩題，最後只考了九十五分。

這樣的事情當然免不了又要被同學調侃。

「你們看每次都考滿分的中島居然考九十五！」坐在前面和我交換改的同學，像是發現了什麼新大陸似的，急著一下課就向大家炫耀。

「真的假的，中島欸。」

「十項全能的中島……」我根本沒有十項全能，只是功課好一點、去年又加入了排球社。

然後，大家把目光都看向了朝比野。

我以為朝比野會像平常一樣害羞又沉默，結果他忽然對我說：「手帕，記得洗好還我。」

「喔。」

西口馬上湊到我旁邊來，「你們氣氛感覺很好耶！」

「好什麼好！快走啦。」我趕緊拉著西口逃離教室，原本不緊張的，卻因為被大家矚目，心跳都亂了。

「不說這個了，妳有沒有要買什麼東西？我去大阪逛商場，有看到就買。」

我們名古屋雖然也不至於落後到哪去，當然比不了流行的東西都快上我們一點的大阪。

「那還用說，當然是把《排球甜心》和《青春火花》的周邊都買起來啊！啊、不行，別買太多，我這個月的零用錢吃緊。」

「那就買一些信紙和角色卡片，如何？」

西口算了算金額，「可以，就拜託妳啦。」

「嗯！」

「但是、但是，還是要遠離地下鐵啊！如果有聞到奇怪的味道，一定要跑喔！」

「說起這個……我剛剛是不是還沒找妳算帳？妳居然……把那麼重要的劇情告訴我！」

西口再度拔腿狂奔，這次追著她時，我很小心，沒有再撞到誰，只是跑過朝比野身邊時，我才發現，他身上的味道，和手帕上的味道一樣。

喜歡，究竟是怎麼回事呢？

＊

我很喜歡搭新幹線。

雖然能搭的次數寥寥可數，但每次坐在上面時，就覺得像坐在多啦A夢的時光機上，一起漂浮在時空中，不知道會穿梭到哪裡去。

叔叔正在看報紙，只有我倆一起出遊，感覺對媽媽來說有點抱歉。

「叔叔，真的不用告訴媽媽沒關係嗎？」

「當然了！我們晚上就能回到家，她的公司今天有聚餐，一定會很晚才回來。」叔叔摸摸我的頭，「反正被罵也是我被罵。」

「媽媽才不會罵你呢，都是罵我，連我上次倒退一個名次，也罵了我好久。」

「我一直覺得妳的成績已經很好了，美智子一定是希望妳能更好吧。」

果然，叔叔永遠是最溫柔的，和對我嚴格的媽媽不同，有時我都覺得，我才是叔叔親生的。

我開心地踢著腳，很期待今天一整天的出遊。

抵達萬博會後，更是讓我大開眼界！

不管是指標性的太陽之塔，還是各式各樣彷彿只會出現在電影裡的科技，都讓我新奇不已。

尤其是電動步道，我來回搭了兩次還是欲罷不能。

最後，叔叔還讓我吃了很多很多的炸雞，時間一下子就過去，但也才下午三點多。

「我們走吧。」

「嗯。」我想，叔叔應該是要帶我去市區的商場逛逛，他來之前好像已經記好東西要買。結果，我們只在商場待了一下，都還來不及找到要買給西口的周邊，叔叔就說要走了。

「下次等時間充裕再帶妳來逛。」他柔聲地說。

我雖然很失望，但也沒辦法，或許我們的車票時間快到了也說不定。

「來這裡。」叔叔拉著我走向商場的另一邊，這裡和車站是反方向，最後我們走進一棟小公寓，爬了兩層樓梯，發現房門上有數字，而叔叔拿出了和數字相應的鑰匙。

轉開，關上。

這個房間充滿著潮濕的味道，牆壁一直滲出水，所以有一塊地毯都濕濕的。

「叔叔？」

叔叔迅速地脫光了衣服往床上躺，「怎麼了？」

「是要玩『那個』遊戲嗎？」

「對呀，妳最乖了，一定會好好配合叔叔吧。」叔叔露出溫柔的笑臉，我則默默低下頭，猶豫了一會兒才跟著脫衣服。

我已經不記得是從什麼時候開始了，叔叔都會和我玩這個遊戲。

我慢慢爬到他旁邊，他再次把他的那裡靠近我的臉，我從來就不覺得這個東西好吃，但是叔叔每次都很高興。

「啊……小澪，我好喜歡妳……」

喜歡，究竟是怎麼回事？

因為我吃他的『那裡』所以喜歡？還是因為我很乖、很聽話？

叔叔很快地就翻身把我壓住，當他舔著我的胸部時，我心裡明明覺得不舒服，可是身體又會有一種很快樂的感覺，每次和叔叔玩這個遊戲，我都覺得自己好奇怪。

「叔叔，如果我喜歡別人，我和那個人也要玩這個遊戲嗎？」

叔叔忽然停下動作，他輕撫著我的臉，「小澪，妳只能和我這麼做喔。」

「為什麼？」

「因為小澪太單純了，別人的話，一定不會像叔叔一樣，這麼喜歡妳。」

「叔叔……很喜歡我？」

「當然了，妳也喜歡叔叔啊。」

「我……喜歡叔叔嗎？」

叔叔的那裡塞進了我的身體，隨著他一來一往的抽動，我的身體感到相當愉悅，嘴裡不禁發出奇怪聲音。

「妳看，妳就是喜歡叔叔，才會這麼快樂啊。」

我……快樂嗎？

原來這才叫快樂。

所以我喜歡的人，不是朝比野，是叔叔。

*

運動課時間操場吵吵鬧鬧，我率先跑完三千米，先一步跑回教室喝水。

結果朝比野也在。

「啊、那個……手帕我已經洗好很久了，沒機會給你。」我趕緊翻出書包，儘量不去看他的眼睛。

「中島，妳發生什麼事了嗎？」

「嗯？沒有啊。」翻了老半天，總算在最裡面的夾層，找到被自己的手帕包好的帕子。

我遞給他，「謝謝你那時借我。」

他沒有伸手接，直到我疑惑地抬頭看他。

「妳終於看我了，妳這幾天一直不敢和我對視，是不是我做了什麼讓妳討厭？」什麼啊，一直不敢和我對視的人，不是你嗎？

「沒有啊，總之，手帕還你了。」我把手帕放在桌上，急匆匆地跑走，像是害怕被人知道祕密似的，我跑得很快，完全不像剛跑完三千米的人。

——朝比野那麼注意我幹嘛，我又不喜歡他。

沒想到傍晚社團結束，朝比野又來了。

西口用手肘戳戳我，「我就不打擾妳啦。」

「等等！西口！」

西口以為我在害羞，還對我揮了揮手。

「你找我有事？」我覺得自己現在的汗味很重，不想和他靠太近。

「我下午不是故意那樣咄咄逼人的，抱歉。」

「沒事啦，我直接跑走，也很沒禮貌。」

他欲言又止，我們一起並肩走到了校門口。

「那個、要不要吃江寶？我請妳。」

天氣很熱，口也很渴，如果這時可以吃上一個酥酥的、裡面又有冰琪林的零食，簡直再好不過。

「好啊。」

他忽然淺淺一笑，「中島只有這種時候特別像女生呢，喜歡吃甜的。」

「什麼意思？那我平常不像嗎？」

「嗯、不像。」

我一愣，看著他走進雜貨店，從冰櫃裡拿出兩個江寶結帳，忽然覺得他愈看愈不一樣了——

因為只有他，從不把我過大的胸部當成是女性的特徵，只有他，從來不在意這點。

我默默吃著甜膩的冰淇淋，天空也逐漸日落。
「朝比野，喜歡……到底是什麼？」
「我也不懂。」
「啊？那你還放任那些瞎起鬨的人，真是……」
「雖然不懂，但我不討厭那樣。」
「哪樣？」
我轉頭看他，他的嘴唇上沾了一點白色的冰。
「嗯……把我們的名字畫在雨傘裡。」他撇過頭，這句話說得很小聲，他終於像平常一樣靦腆了，我還以為他變大膽了。
「是喔。」我舔了舔嘴唇，腦海的畫面，忽然閃過叔叔親吻我的樣子，心情頓時變得有點情緒化，彷彿剛剛殘留在嘴中的甜味，一下子就消失了。
「那妳呢？妳知道喜歡是什麼嗎？」
「喜歡……是一種很討厭的感覺。」
「什麼？」
連我自己都很驚訝，我居然會說出這種回答，「不聊了，我要回家了！」
我匆匆把吃了一半的江寶丟進垃圾桶，有如把某部分的自己，也順便一起丟掉。
我不敢回頭看朝比野，因為我怕看了，他又會從我的眼神裡，讀出什麼祕密，他太聰明了。

回到家，難得媽媽今天準時下班，她和叔叔一起窩在小小的廚房裡，兩人的氣氛很甜蜜。

「你看，明明就是我的漢堡排比較好，你煎得太熟了。」

「誰說的？那妳吃一口看看？來，我餵妳。」

「別鬧……啊、小澪，回來了怎麼不出聲？」媽媽趕緊把叔叔推開，並且急忙地整理儀容。

「我以為你們在玩遊戲，所以……」

「小澪，快點去洗手！妳今天回來得太晚了！」叔叔難得對我用這麼嚴厲的口氣，我和媽媽都嚇了一跳。

「你幹嘛忽然那麼兇？」

「妳平時很少這麼早下班當然不知道，她今天確實回來晚了。」

我躲進廁所，即使關上門，他們的聲音依舊清楚。

小小鏡子中的自己，表情很猙獰，像極了……《青春火花》的麻理，離開由美前的不甘心的表情。

我，好像變得愈來愈奇怪了。

2.

「伊東——加油——加油、加油——！」西口拼了命地為伊東加油打氣，但我們這個距離，聲音根本傳不到伊東耳裡。

友誼賽結束後，西口立刻跑過去要送毛巾和水，人氣很高的伊東，早就被一群女生團團圍住，最後西口只能站在外圍，手上的東西仍舊無法送到他手裡。

她並沒有失落太久，逕自開了水來喝，「走吧！」

「西口，妳喜歡伊東什麼？他搞不好連妳是誰都不知道。」我禁不住好奇，他們看起來完全沒有交流，當然也不可能一起玩過『那個遊戲』了。

「嗯……因為他很帥啊！尤其是踢球的時候！」

「就這樣？」

「對呀，不然還能為什麼？」

「可是如果妳一直沒辦法和他變熟，怎麼辦？」

她爆笑出聲，「唉唷我的小中島，不要這麼可愛了，我對他的喜歡就是一種崇拜啦。」

我更疑惑了，喜歡是一種崇拜，那……

「不像朝比野對妳，那是真的喜歡喔，有眼睛的人都看得出來。」
「我不懂，什麼是真的喜歡。」
「就是看見他會緊張吧，妳有嗎？」
我思考好一會兒，輕點點頭，西口馬上像個發現新大陸的人，露出了誇張的表情。
「天啊！你們是互相喜歡！天啊、天啊！」
「妳太激動了。」
「去告白吧！不對，我想辦法叫朝比野告白，要男生告白才行。」
「等等，告白了，然後呢？」
「然後就是交往啊，之前的學姊不也和學長在一起嗎？」
「西口，拜託妳，什麼都不要說，因為我連自己是怎麼想的都不確定。」
她瞇起眼，「妳最近真的愈來愈怪了，是不是發生什麼事？」
「怎麼連妳都這樣問？」
「因為……妳最近的眼神常常很空，就連和我講話，也心不在焉的，以前妳只是偶爾那樣。」
我努力擠出笑容，「哪有啦，真的想太多了。」
一天的課又開始了，西口說的每句話，都讓我無心聽課。我偷看著朝比野的背影，想著我和他一起牽手的畫面，光是想想，心跳就有點快，很快地腦海又會不自覺地想到，他和我一起『玩遊戲』……

一股噁心的感覺忽然衝上喉頭，我甚至來不及和老師說明我想去廁所，就直接衝出教室，一到廁所就吐了。

吐得很乾淨，把我的早餐通通吐光的那種。

「中島同學，妳沒事吧？」老師追著我出來，她的語氣充滿擔憂。

「沒、沒事。」

「可是妳的臉色很蒼白，是不是吃壞肚子了？」

「我也不知道……」

「妳這節課先去保健老師那裡休息，再不行的話就請假回家，好嗎？」

不……我不想請假。

請假的話，又要和叔叔單獨在家了。

我說不出口，只能默默去保健室躺著，之前沒發現，原來保健室掛著許多器官解說圖，卻唯獨沒有，介紹男女身體不同的介紹。

記得小六的時候有上過一次那樣的課，不知為何，教學的老師們不願意給我們留下教材，所有的東西都是上了一遍就收回，好像怕被我們記住似的。

「中島同學，有沒有好一點了？」保健老師親切地走進來，「如果還是很想吐，真的要去醫院檢查喔。」

「是還有一點點噁心。」

「可能是天氣太熱了，才讓妳有點中暑的症狀，妳再躺一下吧。」

「老師……」

「嗯？」

「沒事。」我欲言又止，因為我也不知道想問老師什麼。

老師笑了笑，「沒關係，想問的時候再問，老師先吃一下早餐，今天早上太忙了，都來不及吃。」她打開了便當盒，拿出紫菜卷，紫菜卷裡似乎包著鮪魚，我也不知道自己是怎麼聞到的。鮪魚的氣味一竄入鼻中，我的噁心感又湧上來了，顧不得老師，我再次衝去廁所乾嘔。

「中島同學，還好嗎？有沒有事？」

我吐到渾身發抖，最後是老師攙扶我回病床上躺著。

「這樣不行，真的要聯絡妳的母親。」

「不要，老師，我媽媽她很忙，千萬不要打給她。」

「可是……」

「老師，妳不是說我只是中……嘔……」桌上的鮪魚成了我想吐的最大兇手，只要一聞到就想吐。

「老師、那、那個鮪魚……嘔……！」

老師趕緊把便當盒蓋起來，並輕輕拍著我的背。「中島同學，老師這麼問沒有其他意思，只是想確認妳的身體狀況……妳的月經多久沒來了呢？」

「月經……老師，我其實直到兩個半月前，才第一次來……」

老師的表情明顯驚訝，就像媽媽之前一直很擔心我要是都不來怎麼辦，去醫院檢查的話又會很貴。好在我上次終於來了，可也只來了那麼一次，就再也沒有。媽媽還安慰我說，可能還是初經，所以一切都還不穩定。

「我也有聽說有的人三個月來一次，可是妳才剛有初經，應該不會這樣啊……」

「老師？」

「沒事，老師明白了，妳先不要想太多，老師只是問問。」

休息兩節課，我總算好多了，重新回到教室，大家的目光都聚焦在我身上。

「老師說我是中暑，哈哈！」為了緩解尷尬，我先起了頭，大家馬上跟著我一起開起玩笑。

「太弱了吧，還中暑！中島，真不像妳。」西口拍了拍我的肩，「那今天的社團，妳還是休息吧。」

「嗯！」

我拿著水壺離開教室，不一會兒朝比野也跟過來了。

「那個、妳沒事吧？」

「嗯。」

裝完水後，我一連喝了幾口，喉嚨的辣痛感好了很多。

朝比野一直跟著我，糾結的表情看起來像有什麼話想說。

「朝比野，不要跟著我。」

「那個……我回去想過妳的話了，我想喜歡就是……」

16音階組合而成的鐘聲響起，我甚至覺得鐘聲都蓋過了他說的話。

「所以、妳願意和我交往嗎？」

「我……不能。」

他剛剛說什麼了？他好像說，喜歡就是……就是……我想不起來，或許我根本沒有聽清楚。

「為什麼？」

莫名地，我感覺我好像哭了，看到朝比野慌張的表情，我確定我哭了。

「中島……妳……是不是我造成妳的困擾了？」

「朝比野，我不能和任何人在一起……」我擦掉眼淚，奔跑回教室，沒人發現我哭了，也沒人發現我的臉色比嘔吐之前還慘白。

為什麼朝比野要告白呢？

他不該說要交往的，我不能。

叔叔會發現的，他說過不准我和別人玩遊戲。

心情愈來愈混亂，我整堂課都沒敢偷看朝比野半次，我明明之前很常偷看他，那為什麼我要看他？

各種矛盾在心底反覆，不知不覺，時間已經到了放學。朝比野的表情和背影很落寞，幸運的是，沒人知道他向我告白了。

「中島，那我先去社團囉！妳自己回家小心。」西口說道。

「嗯！」我慢慢收著書包，因為朝比野今天也收得很慢，等到人都散去，教室裡只剩我和出崎還有朝比野。

出崎看我今天走得慢，又沒了西口在旁邊，露出了不懷好意的笑容，「喂中島，妳今天為什麼會吐啊？」

「不是說了，是中暑。」

「是～嗎～？可是我姊最近懷孕，也很常像妳這樣吐耶！嘿嘿！」

「你在說什麼啊？」

「妳就偷偷告訴我嘛，妳是不是『做過了』？」他在我耳邊悄聲說道，他的聲音甚至讓我起了雞皮疙瘩。

「我聽不懂你在說什麼。」

「唉唷！如果妳都和人做過了，下次也可以和我……」

砰！

旁邊的桌子被踢倒了！

出崎嚇了一大跳，因為踢倒桌子的人，正是平常都很安靜的朝比野。

「滾。」他殺氣騰騰地瞪著出崎，個子本來就比較矮小的出崎就算不高興，也知道打不過他，悻悻然地走了。

朝比野沒有看我一眼，只是默默把桌子擺好，拿起書包要走。

「那就交往吧！」

「嗯？」

「我其實不討厭你。」我也不知道自己為何會脫口而出這樣的話，但看見他回眸的表情從震驚變成喜悅，我一點都不後悔。

我完全不想再看見他像今天那樣，露出那麼寂寞的背影了，我比較喜歡他偶爾露出的靦腆，還有此刻燦爛的笑容。

「咳咳！那麼，以後請多多指教。」他的臉微微地紅了，我也笑著回答彼此彼此。

「回家吧。」

我們一起並肩回家，這和平常並沒有不同。

「所以交往到底是怎麼回事？」我認真地問。

他一聽，深吸一口氣，忽然把我的左手牽起，「可能就是、這樣吧。」

「咦……那西口還說牽手不算。」

「女、女生的話當然不算了。」

「喔。」

原來牽手的溫度，可以這麼暖。

原來心跳一直砰砰跳的感覺，可以這麼地……讓人快樂。

這和叔叔壓在我身上，和我的手十指交扣時，不一樣，他的手很冷，我的手也是冷的。

所以牽手這件事，不是和誰牽都可以吧。

「朝比野，謝謝你喜歡我。」喜歡這個，連我自己都不喜歡的我。

「今、今天先這樣了，再見。」他鬆開手，臉紅得比夕陽還紅，他慌忙揮手，並往另一個方向離開，離開的後，還邊跑邊大叫，像個傻瓜一樣。

「哈哈。」我被他逗笑了，這瞬間，我的腦海裡終於沒有再浮現其他畫面，只有朝比野，深深地停留在我的腦海中。

＊

我想，人的好事是會接二連三地發生的吧。

清晨我看見內褲上的紅漬，比起上次看到時很慌張，這次我反而放心下來了，之前媽媽有說過，月經流出紅色的血，是因為沒有小寶寶住進去肚子裡，所以每個月都肚子都會清掃，為下一個月會住進來的寶寶準備，而我的肚子，終於有清掃了！代表裡面沒有住什麼小寶寶！都怪出崎昨天說什麼懷孕，嚇死我了！

等等。

這是不是就意味著，叔叔和我玩的遊戲……是啊，我該知道的，我一直都該察覺了，只是不想承認而已，我以為只要繼續相信那只是個遊戲，一切就能變得簡單。

「那不是遊戲。」就像出崎昨天對我說的那些奇怪的話一樣，那是男生和女生之間，為了生下小寶寶而玩的遊戲。

就像當初爸爸和媽媽生下我一樣。

我突然對自己的無知感到羞恥，一想起這些年來叔叔和我那樣的畫面，我就……

「小澪，還沒起床啊？」媽媽的聲音從房外傳來。

「嗯、起來了，只是需要換個內褲……」

「妳那個來了？那就好，我還怕妳初潮來過後，生理期無法正常呢，媽媽拿衛生棉給妳。」

「謝謝媽。」

任何人都不會聯想到懷孕，為什麼出崎偏偏會這麼想……我應該要小心他，不能讓他破壞了所有的美好。

別想其他的事了。

一切會變好的。

就像《青春火花》裡的由美一樣，就算輸了、失去好搭檔了，只要不放棄，所有的一切都會往好的地方發展。

我這麼相信。

我只能這麼相信。

早上，朝比野早早就在路口的雜貨店等我，明明沒有約好，卻突然碰面的感覺，就像冰棒吃到「免費再一支」一樣，令人驚喜。

「早……」朝比野靦腆別開眼，我則主動地牽起他的手，我想是因為，只有不斷地感受他的溫度，我才能忘記曾有的冰冷。

「你是在等我嗎？」

「……嗯。」

「我很開心！」

沒想到才走了一小段路，就被西口撞見了！

「喔喔喔——你們兩個！交往了！」

朝比野緊張地鬆開手，「那、那個，我先去學校了。」

「抱歉啊，是不是打擾你們了？」西口吐吐舌。

「其實我剛剛也很緊張。」

「天啊——！這是誰啊？那個一直對戀愛興趣缺缺的中島，居然也會害羞？」

「妳就別損我了。」

「對了，昨天妳身體不舒服沒來，有個重大的消息要告訴妳。」西口的表情很嚴肅，讓我有點緊張，不知道是不是我的位子被替換了……

「舉球的織田因為爸媽離婚要轉學了，所以就讓後補的鹿野頂替妳輔舉的位子，然後教練說讓妳……從今天開始特訓舉球。」

「舉、舉球？我?!我不行啦。」

「哪有什麼行不行，教練已經決定是妳了，我覺得沒問題啊，妳的記性和觀察力最好，每次和哪個學校比賽超過三場，對方的球員特性都被妳記住了。」

「可、可是我……舉球的壓力太大了！」

她用力拍了拍我，「拿出自信來！中島，妳還真是沒有菁英的樣子耶，明明是個頭腦好、運動神經又好的女生，謙虛過頭了。」

我不是謙虛，也不是特別有天分，我只是──

「我知道了。」

或許接連發生太多好事，會讓我惶恐，就像忽然中了溫泉旅行大獎的一家人，在去的路途上發生車禍死掉一樣──當然，這只是比喻。

進到教室，黑板上又出現我和朝比野的小傘了，剛從廁所回來的朝比野看到，也一臉尷尬。

剛剛西口要我有自信，我就是平常表現得太溫和了，沒錯，我……並不想看見為難的朝比野。

「沒錯，我們真的交往了喔！」我牽起朝比野的手，全班一片譁然。

「哼！我就知道，妳一定和朝比野做了吧？」出崎酸言酸語地說。

「喂出崎，你少噁心了！不要因為中島不喜歡你，你就說那些話！」西口馬上攻擊，風向馬上一面倒，轉而罵那個吃不到葡萄、喊葡萄酸的人。

原本有點緊張的朝比野，在後來受到大家的祝福後，緊繃的表情漸漸變得舒緩。

「我們班終於有班對了！」

「是啊。喂、你們可要好好交往到畢業，不然會很尷尬啊。」

朝比野忽然開口：「嗯！我們會一直交往下去的。」

心跳再次因為他突然的舉動，而感到跳動。

我還是不太懂戀愛是怎麼回事，我只知道，戀愛是可以把原本死灰的一切，都變得生動活潑的一件事。

能做到的人，只有朝比野。

＊

真的交往後，看起來好像沒有不同，因為朝比野一樣會去社團等我練習完，再一起走去雜貨店吃零食、回家。

相同的日常，卻因為愈來愈了解他，而變得愈來愈不一樣，每天睜開眼睛最期待的，就是今天能夠看見他。

「今天來我家寫功課吧。」這天，我提議。叔叔常態性地去出差了，雖然根本不知道他的工作為什麼要出差，但我知道他每次都會間隔至少一個晚上才會回來。

「咦？好……」朝比野的臉又紅了，我們都交往一個多禮拜，他雖然已經可以正眼看著我，卻還是很容易緊張。

「你有想過以後要做什麼嗎？」最近老師讓我們寫作文，題目是對自己未來的想像，我真的想像不出來，未來的我可以變成什麼樣子。

「我想當公務員。」

「啊？你家裡希望的？」

「不是的，我希望能為這個社會，做點什麼，是那種可以幫助到人的公務員，雖然我也不知道會有哪些工作，妳會不會覺得我很蠢？」

「怎麼會！朝比野，你好帥！」

被我這麼一說，他緊張地別開眼。

「我說真的！哪像我，對未來一點想法也沒有，可是你……你已經可以有這麼棒的想法，我真的覺得很帥。」

「妳的成績那麼好，以後想做什麼一定都沒問題的。」

「那你為什麼會想要幫助人呢？」我不是很明白幫助人的想法，因為免費為不熟識的人付出勞力，聽起來就是很累的事。

「因為很快樂。」他露出溫柔的微笑，「之前因為遲到太多，被罰去社區義務打掃，結果遇到好幾個老奶奶向我道謝，我也不知道該怎麼形容……被人說謝謝的感覺，很棒！啊、我這不是因為想得到感謝才那樣的，我……」

「看見對方很幸福，好像你也得到幸福一樣？」

「對！中島，妳真的很會形容，不愧是全班第一。」

忽然被誇獎，換我不好意思了，此時我們已經來到我家，幸運的是，沿路都沒有被鄰居看到。

「我哪有那麼厲害，雖然我形容得出來，卻無法了解，能夠體會到那種感覺的你，好溫柔。」

他忽然吞了吞口水，搔了搔頭，「有沒有水？」

從外頭進到屋裡，才意識到獨處的緊張，不只他想喝水，連我都有點口渴了。

為了緩解那奇怪的燥熱感，我們紛紛拿出作業來寫，開水一杯又一杯的喝，雖然電風扇吹著我們，額頭仍然不停冒出汗。

「朝比野。」

「嗯？」

「——要不要，和我玩一個遊戲？」我不知道自己是怎麼了，或許從今天有了想邀請他來的念頭，我就這麼想了。

「什麼遊……」不等他說完，我的嘴唇已經把他的話語覆蓋。

他的呼吸很急促，被我的舉動嚇得不輕，我壓在他的身上，咬咬嘴唇，「朝比野，抱我。」

「不……我們不能……」

「我們可以，在一起就是這樣的。」

他逐漸被我的話語說服，跟隨著我的帶領，他反被動為主動，他甚至忘了此刻人正在我家，他的目光和思緒，都只有我。

我感受著他的輕撫、他的親吻，他的所有一切，當他生澀地進入我的身體，我知道，昨晚叔叔烙印在我身上的觸感，都被覆蓋了，覆蓋到，記憶裡只有朝比野。

結束後，他喘得很厲害，並且把我抱得緊緊地，像是怕我消失似的。

「中、中島……我們這樣……」

「這樣我就是完全屬於你的了。」

「嗯……」

應該是說，我希望自己能完全屬於他，只有這樣，我才不會忘記「喜歡」是什麼感覺。

隔天，在雜貨店等我的朝比野，準備了一個保溫瓶。

「這是什麼？」

「紅豆湯，我媽每次都在我姊那個來的時候煮給她喝，我想一定是對女生很好的。」

「為什麼要給我？」

「因、因為……」為了掩飾他的緊張，他摸了摸我的頭，「因為昨天那樣了，我怕妳會不舒服。」

太幸福了。

我突然有種想哭的感覺。
原來這才是被人深深喜歡的感覺。
「朝比野，我好喜歡你。」
「咳！我也是。」
如果真的有神的話，可不可以，讓這個幸福永遠永遠持續，永遠永遠，我都能牽著這雙手溫暖的手，這樣無論夜晚的時候多恐怖，我都不會再害怕了。

3.

亞當和夏娃偷嘗禁果為什麼被懲罰了呢？我在圖書館裡，看過了亞當和夏娃的故事，我終於懂了些什麼。
但，這明明是一件很美好的事，能夠和喜歡的人親吻、能夠感受對方進入自己，是多麼幸福的一件事——如果，這些過程裡，能夠少了叔叔的話。
「你昨天幾點回來的啊？你這次出差竟然趕末班車回來，真不像你，你不是最討厭末班車上的酒氣薰天嗎？」
早餐時間，媽媽疑惑地問。我低著頭攪拌著納豆，才一抬眼，發現叔叔看我攪拌納豆的眼神，有點曖昧。

「到家大概一點多了吧，妳早就睡了。」

「我昨天可能很累，完全沒被你吵醒。」

不是媽媽很累，而是因為叔叔一直都在我房間裡，直到天快亮他才終於停止遊戲。

『今天的小澪很不一樣呢，身體好像變得特別敏感，是因為我出差不在的關係嗎？真可愛。』

我放下碗筷，起身去廁所沖了把臉，試著想要忘記所有畫面和話語，但只要看著叔叔，那些聲音彷彿就在耳邊迴盪。

「我去上學了。」

「嗯？妳早餐都沒吃幾口，怎麼啦？」媽媽關心地問。

「可能太熱了。」隨口搪塞敷衍，經過餐桌時，叔叔趁著媽媽不注意，偷偷摸了我的屁股。

我不想再和叔叔那樣了。

那才不是什麼玩遊戲，那是亞當和夏娃才能做的事，是要相互喜歡的戀人，才能做的事。

這件事做完應該會有幸福的感覺，而不是每次結束，心口的洞彷彿愈開愈大，大到有一天，裡頭的心臟會跳出來，再也不跳了。

早上第四節是體育課，由於今天是體能測驗的日子，驗完的人就是自由時間，可以打籃球，也能坐在草坪上休息。整個早上到現在，我不知道自己是怎麼過的，腦海不停地和自己奮戰，努力想要忘記昨晚的一切，愈是努力，畫面就愈清晰，我必需要用盡全身力氣，才能阻止自己，不在課堂上忽然大叫出來。

我感覺自己內心有個地方，慢慢壞掉了。

但只要對上朝比野的眼睛，那個壞掉的部分，就會停止惡化。

下課前的十五分鐘，所有人都測驗完畢，朝比野因為擔任值日生，正獨自搬著跳箱準備去器材室。

「我幫你吧。」

「這很重。」

「沒事，一起搬比較輕鬆啊，這是最後一個了吧？」

朝比野到現在還不習慣同學們對我們的關注，只要我們稍微走近一點，大家就會把我們當成動物園，仔細觀察我們的互動。

「嗯……」

終於把最後一個跳箱歸位，我倆都滿身大汗，趁著他轉身要走之前，我拉住他，不給他時間反應地，親吻了他。

「朝比野，我好想抱你。」

「這裡是學校！」他緊張地喊出聲，我則輕摀他的嘴，比了個噓。

「沒有人會發現的，只要我們在下課之前……」我的手熟練地摸著他的生殖器，就像叔叔教我的那樣，就算他一開始極力拒絕，但在我的撫摸之下，他很快就放棄掙扎，並反將我壓在牆上。

「真、真的要在這？」他看起來似乎在忍耐，無論任何時候，朝比野總是那麼為我著想。

「要快一點喔，不然等等有人突然進來就糟了！」

悶熱的器材室，關上門後就只有門縫透著的微光勉強確認視野，這些對我們來說都不重要，因為朝比野的氣息重新回到我身上了，一點一點，隨著他的進出，昨晚所有的記憶都慢慢消失了。

「中、中島……唔！」他緊緊從後抱住我，體內能夠感受到他屬於他的熱流，正慢慢灌進我的身體，就像把對我的喜歡，也一併灌進我的靈魂一樣。

「朝比野……我好喜歡你。」

「嗯，我也是。」

下課的鐘聲響起，我們已經迅速整理好儀容，像什麼事都沒發生似的，一起牽手離開。

「妳終於笑了。」

「咦？」

「整個早上，妳看起來像有心事。」

「我只是在煩惱下午的數學小考。」

「中島，原來妳也會有普通學生的煩惱啊。」

「我當然有啦。」

我們有說有笑，平凡的幸福感，再次回到我的生活裡。

真不想結束，不想回家、不想看見叔叔，不想一遍又一遍地，遺忘那個自己。

那個會因為叔叔的撫摸，愉悅得發出聲音的自己。

如果能全都忘了就好了。

我就會相信，我對叔叔一點喜歡也沒有，我真正喜歡的人是朝比野，只有他能讓我身心都很幸福。

「那個……妳……很喜歡做這個事情嗎？」朝比野支支吾吾地問。

「為什麼這麼問？」

「因為每次那樣的時候，看起來……和平常不一樣。」

「哪裡不同了？朝比野，你是故意開我玩笑嗎？」我眨眨眼，直勾勾地盯著因為這個話題而臉紅的男孩。

他左顧右盼了一會兒，迅速低頭在我耳邊道：「因為妳每次都會露出……很快樂的表情，比妳贏球的時候還快樂。」

我的笑容微僵，「你是不是想說，我是一個很……」

「不是的！我很喜歡那樣的妳，不對……怎樣的妳，我都喜歡。」

「那就好。」

一點也不好。

朝比野這番話，不就和叔叔對我說的話不謀而合了嗎？

我的表情真的很快樂嗎？所以我一定個很糟糕的女生吧。

傍晚社團練習到很晚，因為我替位舉球的關係，需要的特別練習很多，我告訴朝比野不要等我，結果特訓練習到傍晚才結束。

「中島，這段期間也許會很辛苦，但只要撐過就是妳的了。」

「謝謝教練，我會撐住。」

全身腰痠背痛，背起書包更讓我的肩膀像快要斷掉似的。

天黑後的學校比清晨第一個來教室時的靜謐不同，夜晚的安靜像有鬼魅藏在沒有光的地方，虎視眈眈。

「哇……我還是第一次這麼有毅力等一個女生耶。」

才剛走下樓，樓梯口旁的出崎就忽然出現。

「你……」

「喂中島，妳別再假了，什麼叫聽不懂我在說什麼？妳和朝比野在器材室時，好像挺熟練的？連不小心溢出的聲音都……怎麼樣？跟我做吧，這樣我就能幫妳保密。」

「你到底在說什麼？」

忽然，他從口袋拿出一台傻瓜相機，「我都拍到了喔，你們今天的樣子，一、張、不、少的拍光光。」

我的臉色立刻刷白，忽然教練也下來了，他看到我倆還在學校逗留，立刻強制趕人。

「你們這兩個孩子很壞喔，這麼晚了還想待在學校約會啊？」

「老師，我沒和他交往！」

「啊、抱歉，因為出崎很常出現在妳身邊嘛，不小心就搞錯了。」教練把我們帶出學校後就走了。

出崎則露出一臉我應該要乞求他的表情，高高在上、自以為是，「妳現在後悔還來得及。」怎麼可能讓這種人得逞。

他的身高本來就比我嬌小，要撂倒他應該很容易，我抓住他的手，想要從他口袋搶走相機，卻被他反手一抓，手臂直接被反折！

「啊！」

「硬搶啊？妳果然不是那種乖乖女！」

手被反折的狀態下很痛，我乾脆整個人用力往後退，把我倆都推到路中央！

「靠！瘋啦！」出崎立刻鬆手趕緊跑回路肩，我吃痛地抓著手，正要走回另一邊時，砰！一台腳踏車煞車不及地撞上我！

一瞬間，我感覺自己的肚子很痛，那種痛就像被汽車輾過一樣，我沒想到被腳踏車撞到可以這麼痛。

「啊啊……」出崎發出驚呼，連撞倒我的大叔也露出驚恐的表情，為什麼他們要那麼害怕呢？我只是被腳踏車撞到而已。

漸漸地，我感覺到下半身濕濕的，摸了摸腿上沾到的液體，居然是紅色的……是非常鮮豔的紅，比我的經血還紅，比……

「中島、中島！靠！」

＊

等到我再次睜眼，好像有什麼東西改變了。

不是我錯覺，因為床邊的媽媽看到我清醒的瞬間，眼底的情緒不是高興，而是困擾。

「媽……」

媽媽沒有回答我，她逕自離去，沒多久進來了一名女警，我有點害怕，不知道是不是出崎趁著我昏倒，把相機交給媽媽了。

「妳醒了啊？我有幾個問題想問妳，妳現在有辦法回答嗎？」

我怯怯地點點頭，目光仍在尋找媽媽，但她出去了就沒再進來。

「妳不要害怕喔，妳沒有做錯任何事。」女警溫柔地握住我的手，「我叫大野奈奈，等等如果有問題不想回答也沒關係。」

「好。」

「妳今天因為事故所以流產了，妳最近有和誰發生性行為嗎？」我看著大野的表情，好像已經知道了我和朝比野的事，是相機嗎？他們……都看到了嗎？如果是那樣的話，我們會被懲罰嗎？

不行，我不能害了朝比野。

「是叔叔。」

「什麼？」

「一直以來，叔叔都常常會和我玩一種遊戲，一開始那個遊戲叫做脫衣服遊戲，後來叫做疼愛遊戲，他說是因為很愛我，才會對我那樣。」我鉅細靡遺地描述一直以來叔叔都怎麼對我、讓我做什麼，我害怕地低下頭，不敢看女警的表情，我明明不是在說謊，卻愈說愈顫抖。

「叔叔的那裡，有一顆紅色的痣。」

「妳可以把更準確的位置畫出來嗎？」

當女警把白紙放在我面前，舉起筆的手，懸在空中猶豫很久。

我真的要這麼做嗎？真的要把叔叔變成壞人嗎？

「怎麼了？」

「我很喜歡叔叔。」

「沒關係的，不用害怕。」

「我很喜歡叔叔，所以……如果我畫出來了，叔叔是不是會被抓走？」

女警的表情依舊溫柔，從剛剛我說那麼多事，她的表情都沒變過，她其實不相信吧？如果她看了相機裡的照片，就會認為我現在說的一切都是假話吧。

「小澪，還是妳要再想一想呢？也許真正和妳做了這件事的，是別人？」

果然，她不相信我。
我發現醫院不只連氣味都很刺鼻，待在這樣的病房裡，任何事情都變得扭曲。
我輕輕在紙上畫出叔叔的那裡，並在左邊的跨下，點出一個點。
「我說的都是真的。」
女警緊緊盯著我的眼睛看了好一會兒，這才轉身離開，她的眼神盯得我很害怕，做賊心虛的表情，肯定在我臉上一覽無遺。
過沒多久，外頭走廊傳來媽媽歇斯底里的怒吼聲。
「不可能！這絕對不可能！她在說謊！她一定是在說謊！那個小孩從小就愛說謊！」
「您先冷靜點。」
「對質！讓我跟她對質！」
「我們家武人不可能會這麼做！都是她在說謊！」
那真的是媽媽的聲音嗎？
隔著一扇門，我覺得這個嘶吼聲變得好像哥吉拉的聲音，我用棉被蓋住頭，渾身發冷。
也許，亞當和夏娃被懲罰的原因不是因為偷吃了禁果，而是對神說了謊，也許只要誠實一點，就沒事了。
「我沒有說謊啊。」叔叔真的都對我做了那些事，我只是不想被知道，我也和朝比野那麼做了而已。

媽媽的聲音離我愈來愈遠，最後女警再次走進來。

「小澪，我再跟妳做最後一次的確認，妳剛剛說的都是真的嗎？如果說謊了，是要負責任的喔。」

我不禁鼻酸，笑了笑，「警察姊姊，如果妳不相信我的話，我還有一件事情可以證明。上個月最後一個禮拜六叔叔帶我去大阪萬博，下午叔叔帶我去大阪商場旁邊的一間旅館，那間旅館的房號是１１０８，妳可以去問旅館的老闆，他一定見過我們。」

女警的表情變了，或許是我說得又更清楚，才讓她變得這麼嚴肅，她迅速記下我提供的線索，這次過了很久很久，都沒有人再打開病房的門，久到我都覺得，會不會從此我就被關在這裡了——因為說了謊。

*

滴答、滴答。

洗手台的水龍頭好像壞了，整晚都發出滴水聲，當然我不是被這個聲音吵到睡不著，而是籠罩在這個家的恐怖感，陰森得讓我難以入眠。

時隔一星期，我第一次回到家。

媽媽不在，叔叔也不在。

聽說叔叔暫時都不能再回到這個家了，媽媽不知所蹤，白天出院時，她看我的表情很恐怖，好像想要殺了我似的。

那種恐怖感蔓延到整個家的各個角落，似乎只要一閉上眼睛，媽媽就會出現把我殺掉。

喀啦。

客廳傳來開門聲，我緊閉雙眼，豎耳聆聽，腳步聲停在客廳，整晚都沒再移動半步。

好不容易熬到鬧鐘響的那一刻，我假裝自己剛睡醒，什麼都不知道地走出房間，就這樣對上媽媽佈滿血絲的雙眼。

「小澪，過來坐。」她用著無比溫柔的聲音說著。

「妳只是在惡作劇，對不對？」

「什麼？」

「媽媽知道，妳從小就不怎麼聽話，妳這次也是在惡作劇吧？」她努力撐著笑容，她愈笑，表情就愈像惡魔。

「媽……我沒有說謊。」

倏地，她瞪大了雙眼，雙手用力地掐住我的肩膀，「妳就是說謊了！」

「我真的沒有！」

「那妳說，是從什麼時候開始的？說啊！」

媽媽的指甲刺進我的皮膚，她已經不是我的媽媽了，她被惡魔附身了！

「很久之前，叔叔搬進來沒多久就……」

「妳騙人！那時妳才幾歲！」她的聲音愈來愈尖銳，像極了用指甲刮黑板的聲音。

「那一定是別人的種，我都聽妳同學西口說了，妳最近不是交男朋友了嗎？是他的吧！妳和他亂搞，才故意栽贓武人的，對不對！」

一時心急，我胡亂地說：「我喜歡的人是叔叔！」

啪！

媽媽狠狠地賞了我一巴掌，她好像打上癮似的，忽然一下接著一下死命地打，她以前都捨不得打我的，為什麼……

「武人是我的全部！我的全部！妳憑什麼喜歡他！」

最後，媽媽打累了，她神智不清地一直碎念著，在她的眼裡好像再也看不見我這個女兒了。

原來，對媽媽來說，叔叔才是她的一切，不是我。

世界變得混亂了，我頂著腫腫的臉走下樓，沒想到朝比野竟然在外面等我。

「朝比野……」

「妳……還好吧？」

「還好。」

「我去買冰塊給妳。」

「不用了，你最好別再來找我了。」

「為什麼？是因為……妳叔叔的事嗎？那個、妳懷孕的事，我想知道……和我有沒有關係？」

眼前，朝比野再也沒有過往的靦腆，他支支吾吾的，代表了他很害怕，害怕和我牽扯上關係，害怕會聽到別人說，讓我懷孕的人其實是他。

「朝比野，你很擔心嗎？」

「不，我擔心的是妳。」

騙人。

就像我為了他，也騙了人一樣。

「我喜歡的人，一直都是叔叔喔。」

「咦？」

我笑了，笑得比和他在一起的那天，還要燦爛。

「一直都是叔叔，和你在一起，只是不想被別人發現這個祕密。」

「妳說的是真的嗎？」

「當然啊。」

「那妳為什麼要害妳叔叔被警察抓走？如果真的是那樣的話……」

「哈！當然是要讓我媽媽發現啊！我再也不想看到他們兩個人在我面前那麼甜蜜了。」

「妳這個……賤貨！」媽媽不知何時也下樓了，被她聽見這句話的瞬間，她像一頭髮狂的牛，筆直地朝我衝過來！

遠遠的警車鳴笛聲立刻開了過來，在媽媽伸手要掐我之前，她已經被警察抓住，她拚命掙扎、拚命掙扎，就像我第一次被叔叔壓在床上時，也曾拚命掙扎，可最後，我們都敵不過對方的力氣，只能任憑處置地接受，**然後習慣**。

我哭了。

突然克制不住地大哭起來，街訪鄰居都出來看我們一家子的好戲，朝比野早在人潮湧現之前，就逃之夭夭。

我到底是為了什麼而說謊呢？

不對啊。

我說的都是真的。

都是真的啊！

「中島澪，妳說妳說謊了，請問是什麼謊？」小小的訊問室，只有我和大野警察，媽媽早上被強制帶走後，我主動說要找大野。

「我是自願和叔叔那樣的。」

「妳說什麼？」

「我很喜歡叔叔，所以和他那樣都是我自願的。」

「小澪，妳不需要這樣，妳那天告訴我的時候，不是很痛苦嗎？」

「我是裝的，因為我和叔叔吵架了，我沒想到事情會這麼嚴重，所以……」所以可以取消我說的話，讓一切恢復原狀、讓媽媽也變回來嗎？

大野警察被我搞糊塗了，我不怪她，因為我也快被自己搞糊塗，到底哪一個才是我真正想說的話？

「妳叔叔對妳做的事，就是犯法。我們已經查證過了，不管是妳說的痣，還是去旅館的事，都是真的。」

「我、我真的說謊了！不要抓走叔叔，這樣我媽媽她、她……」她會丟下我，我就變成一個人了。

對，我只是害怕這樣。

因為害怕朝比野被誤會，害怕媽媽離開我，我說了一個又一個奇怪的謊，而真正想說的話，隨著謊言，漸漸變成真相。

對啊，我搞不好真的喜歡叔叔。

誰喜歡什麼朝比野啊。

我……

亞當和夏娃最後被趕出了伊甸園，是因為他們說出來的話，再也無法被相信，所以被神拋棄了。

所以，我也被媽媽拋棄了。

而我的內心，卻突然有種愉悅感，好像我早就希望自己能被拋棄一樣，一切的感知和我的謊言，變得錯亂，那天喜歡上朝比野的那份心情，也變得像假的一樣。

「我真的，很喜歡、很喜歡叔叔。」我又強調了一次，然後沒有人相信我。

4.

砰、砰砰。

排球和手撞擊的聲音一如既往，每個人各自守好自己的位置，做出攻擊。西口已經連續失誤好幾次了，她最近的狀態很不好，宮園的防守也很不到位，但教練都沒叫她們停下，至於舉球的位置，不是我。

回到學校上課第五天了，這個世界的任何角落都不再有屬於我的位置。

教室裡的桌椅被搬到最角落，和垃圾桶鄰近而坐，舉手發問連老師都不會理我，所有人都把我變成了空氣，彷彿我只是一介幽靈，就算忽然大吼大叫，也沒人會聽見。

小時候聽大人說過這個現象，我們家被「村八分」了，我其實不太記得被這會怎樣，只記得大家都不會理被村八分的人，而且整戶人家。

媽媽當然有被送回家，警察對於我們家的這起案子變得愛理不理，叔叔也沒有被放回來。

西口也不理我了，唯一還會私下和我說兩句話的人，竟然是一切的始作俑者，出崎。

午餐時間，因為媽媽都沒有幫我準備便當，為了不讓肚子太餓，我只能不斷地去裝水來喝，忽然，出崎經過我身邊時，丟了一個麵包給我。

我撿起麵包，真的很不想吃這種人給的東西，飢餓的肚子發出抗議聲，最後還是屈服了。

原來人最可悲的就是，無論這個世界變得有多糟，肚子還是會餓，看到食物不管來歷，還是會吃。這和路邊的野狗有什麼兩樣。

朝比野這個禮拜都沒來上學，我悄悄鬆了口氣，我實在很害怕，看見連他也把我當空氣的樣子。

「朝比野下禮拜會不會來啊？」

「幹嘛問這個？我媽說連他也不要理耶。」

「真假，我媽沒說。」

「真的，我媽也說了。」

什麼意思？難道連朝比野家裡也被村八分了嗎？根本就不關他的事啊。

西口起身大聲斥責：「你們不要亂講，朝比野也是被害者好嗎？你們只是忌妒他，想趁機害他吧？我媽說了，被那樣的，只有那一戶。」

「西口，妳那麼緊張，該不會妳喜歡他吧？」

「我、我哪有！別亂說！」西口緊張地解釋，臉卻紅了。

從前我都看不到這些，看不到西口的情緒變化，也沒興趣觀察班上的人在討論什麼，我有興趣的人一直都只有朝比野，還有我自己每天要面對的夢魘。

所以我才會不知道西口也喜歡他，更不知道，原來西口很討厭我。

她不是因為村八分才討厭我的，仔細回想，她從一開始，就沒喜歡過我，只是我從沒發現。

「哈……」我輕笑出聲，即使發出了聲音，也不會有人轉過來看我。

只有出崎。

該死的出崎。

放學故意留到最後，出崎假裝離開教室，沒多久果然又回來了，我已經猜到他會這麼做。

「喂、那個相機什麼也沒拍到，我是騙妳的。」出崎愈說愈小聲，向來喜歡用一雙噁心的眼睛盯著我看的人，此刻頭卻低低的。「對不起。」

「這樣和我說話，好嗎？如果我現在出去大喊，說你中午拿了麵包給我吃，其他人會怎麼想？」我學壞了，短短的時間，我居然學會威脅別人了。

沒想到出崎卻聳聳肩，「妳想說就去說吧，畢竟這件事是因為我。」

「你以為你現在裝出一副正義的樣子，我就會忘記你是怎麼害我的嗎？你別太過份了！」

出崎皺了皺眉，「我已經道歉了，不接受也是妳的事，妳如果要到處去說，也沒關係，反正我不會把妳和朝比野的事說出去的。」

最後這句話說完，出崎的眼神閃過一絲狡詐，我忽然聽懂了，他才不是因為良心不安而道歉，他只是又在威脅我。

好像一場惡夢。

明明兩個星期前，什麼都好好的，我很幸福，每個人都還在我身邊。轉眼什麼都失去了，什麼都沒了，就連人們，也不願意看到我們了。

回家的路途變得好遙遠，經過雜貨店，我甚至還期待，朝比野會不會在那等我，我想再吃他常買的冰，但我身上沒有半塊錢，連個小雜糧都買不起。

媽媽沒有工作了，這幾天她都只待在房間，每天出門上學，我都會偷偷看一眼，看她還有沒有呼吸，我很怕她就這樣睡著睡著，再也不醒來。

我想一切還沒有到最糟糕，只要叔叔被放回來，一切都會正常的，我們可以搬家，換到別的地方去重新開始，我們又是新的一家人，一定可以的……

轉開家門，媽媽居然坐在客廳，她的臉因為消瘦而變得更加恐怖，這幾天我們母女都沒好好吃上一頓飯，媽媽現在起來了，是不是代表她要振作了呢？

「不是武人的吧？」

「媽？」

「我想過了，這幾天我一直都在想。」她用著像是自言自語的音量，我則站在門口，不敢完全走進屋，怕又被她瘋狂壓著打，怕她這次真的會殺了我。

「妳的經期本來很久沒來，後來不是又來了嗎？在半個多月前，妳明明就來了！西口說你們倆也是這陣子才交往的，所以孩子……」她抬眼，笑著看我。

「孩子是妳男朋友的！不是武人的！妳快點跟我走，我們去警察局，把話跟警察說清楚，這樣武人就能回家了！」

「媽，我也不知道是誰的，如果這樣跑去警局……」

啪！

果然，她又打我了，力道之大，我的右耳都耳鳴了。

嗡嗡嗡的聲音，讓我的世界忽然安靜下來，再也沒有媽媽歇斯底里的吼聲，也沒有叔叔說喜歡我的聲音，什麼都沒有，只有朝比野那天……

「媽媽，我們已經被村八分了，來不及了。」我吶吶地說。

「不可能！我在這個鎮上的人脈很廣！誰敢村八分我們！都是妳、都是妳——！」她瘋狂捶打我，我只能抱著頭蹲在地上，等她打累了停手。

結果她很快就停下了，等我一抬眼，她抓住空隙掐住我的脖子，她的手勁很大，表情也很猙獰，雙眼愈來愈突出，好像快掉出來一樣。

我很驚訝自己完全不掙扎，只是靜靜地看著媽媽這麼做，就像叔叔對我的身體做任何事時，我也是這樣靜靜看著他。

啊、原來是這樣啊。

我的身體多年下來，早就習慣了讓任何人，對我做任何事了。

出崎說的話不假，我才是那個一直在裝傻的人。

可是啊，只有和朝比野在一起的時候，我才是真正自願的，雖然別人根本就不相信，我有被強迫過。

砰！一個磚塊忽然飛過來，不偏不倚地打在媽媽頭上，因為飛過來的重力加速度，媽媽的表情立刻僵硬幾秒，最後就這樣倒下，鮮血慢慢地從頭部溢出，就像那天鮮血從我下體慢慢留出一樣。我才發現鮮血這樣擴散開來的時候，就像玫瑰花開，明明應該要可怕的，我卻覺得……很美。

「中島！」朝比野喘著氣地站在門口。

剛剛還在欣賞的我，眼睛立刻瞪大，「快走……快走！」

「為、為什麼？」

「你不是要考公務員嗎？那現在這樣……我不能害了你！」

喀擦。

「呼——果然只要跟著朝比野的話，肯定會有好事呢。」出崎也出現在門口，他迅速地用相機拍下這瞬間，包括朝比野、包括血流成河的媽媽，包括我。

「這下該怎麼辦，我這次是真的有照片了耶。」他晃了晃手中的相機，朝比野伸手要搶，他一腳踹向朝比野的肚子，轉身就跑。

「不要啊……不要啊！」

不幸的話，我一個人不幸就好了啊。

「喜歡……是一種很討厭的感覺，我好像懂了。」朝比野恍神地說。

「為什麼要救我？」

「我不知道，我只知道，如果沒救妳的話，我可能會後悔一輩子。」

「比現在這樣還後悔嗎？」

「嗯。」

他怎麼到現在還沒變呢？我希望他變，最好像其他人一樣，為什麼……

「朝比野，我好喜歡你……」

這次，他不再回答『我也是』，取而代之的，他關上門離開的聲音，我才意識到，我口口聲聲地說不想失去媽媽，可從剛剛到現在，我一點想救她的衝動，都沒有。

我還是自私的，只想要和喜歡的人說話，然後把不想看見的，通、通、屏、除、在、外。

第四幕、島澤

1.

新幹線已經駛離東京車站一個多小時了，窗外的景色從都市漸漸變成山林，從晴天轉為雷雨天，然而身在車子內的乘客們，對於這些變化，就像在看電視那個小盒子一樣，一點身歷其境的感覺也沒有，好似外頭發生任何事，都與我們無關。

如同列車裡發生任何事，外頭的世界也無法干擾。

我想起《東方快車謀殺案》這本書，說的正是現在這樣的情況。當然我們的列車並不會發生殺人案，這不過是我無聊的幻想而已。

坐在我對面的女人是對號入座，但她並沒有把座位轉過去，與陌生人相對而坐似乎並不會讓她尷尬，過了許久，我發現她是沒有心思去想要不要轉座位。

當雨敲打在窗戶上時，她用著驚恐的表情看著雨勢，隨著雨量愈大，她眉眼透露出的不安就愈強，就連手指都重複地搓著衣服，臉色也愈發慘白。

害怕。

除了害怕的情緒以外，還多了一分焦躁，好像有什麼人在追趕著她。仔細看她的年紀大約二十五、六歲，手的皮膚半截白皙、半截黝黑，身上穿的鵝黃色洋裝還隱隱透著一股新衣服特有的氣味，連腳上的黑色皮鞋都是新的，最不自然的是嘴唇上擦的鮮豔口紅，我猜是在百貨公司適用擦上的，而且還擦得很匆忙，才會沒注意到顏色的亮度就塗抹上。

「真是糟糕，對吧？」

「咦？」女人看看我，再看看我身旁已經睡到微微發出鼾聲的老公。

「我是說天氣，太糟糕了，偏偏在出遊的日子下起大雨。」

「喔……這樣啊。」她鬆了一口氣，像極了拚命掩飾祕密的人，突然放鬆。「不一定吧，現在還在關東，關西的話搞不好是大晴天。」

「妳也是要去關西啊？真巧呢。」這條東海道新幹線，一路連接著關西的山陽新幹線，是目前關西、關東往來最方便的交通方式。

「不……我沒有要去大阪。」

「那更巧了，是九州對吧？我們夫妻要到博多站轉乘，那就是同時下車了呢。」

女人驚訝的表情一覽無遺，彷彿被我拐了一圈，還是不小心被發現目的地了，我當然不是故意要用這麼刺探別人隱私的方式說話，我只是想幫她。

「是、是呢。」

她的手指搓得更厲害了，還左顧右盼起來，很不巧今日是連續假期的第一天，她若想找到空位換位子，怕是不可能了。

「我叫做島澤，這是我的名片。」她直到看到我名片的瞬間，才稍微鬆懈。

「原來是保險業務員啊！」

「放心，我不會要妳買保險的，但是我可以成為妳的保險。」

「什麼意思？」

「妳不是正受困於威脅嗎？妳的行李那麼大一包，可能是有人要妳運東西吧？」

她的嘴唇立刻緊繃，即使她想裝作輕鬆，但緊閉的嘴角還是透露了她的警戒。

「我可以幫妳。」

「我沒有被誰威脅。」

我把身子往後一靠，她的緊張和我的輕鬆形成強烈對比，我若無其事地看向窗外的雨景，彷彿並不是和她說話。

「我猜監視妳的人，可能也在這個車廂，所以妳還是自然一點吧，今天的雨下得多美啊。」

她聽從了我的建議，也跟著往後靠，雨聲愈來愈大，隨著車速，車廂內的雜音也愈來愈大。

「人啊，一旦緊張起來，智力和判斷力都會急速下降，這是人的常態，不過只要控制好，很多危險和威脅，就不算什麼了。妳可以仔細想想對方用來威脅妳的理由是什麼？妳有查證過了嗎？是妳的家人、小孩，還是在公司或鄰里間的名譽？對妳不利的威脅，是真的存在，還是被唬了？」

過了半晌，女人依舊閉口不言，就在我以為她真的死也不想求救時，她才吶吶地說：「是照片，那個人是我高中時的前男友，他手上有我以前的不雅照，我就要結婚了，絕對不能……」她的話說到一半就停了，此時隔壁車廂的連結處正走來一個男人，男人看似在找廁所，實則眼神偷覷了女人一眼。

匡。

門關上了，男人雖然已經不在，而她又再次陷入自己所放大的恐懼中，無法自拔。

直到十幾分鐘後，男人再次經過，回到隔壁的車廂內，她那搓手指的速度才減緩。

「妳有看過照片了嗎？」

她輕點點頭。

我的手指輕敲著扶手，猜想那包行李袋裡的東西到底會是什麼，想起最近山口組頻頻有大規模的鬥爭，要讓打打殺殺維持下去最重要的是錢，所以最近毒品相當氾濫，不過這麼一個行李袋裝不了多少毒品，她的前男友，頂多就是個下游再下游的小混混，賣了這袋毒品，還得把錢原封不動地交還給老大……

我嘴角微彎，「妳知不知道，其實是妳抓著他的把柄，不是他抓著妳？」

「什麼？」

「不管那袋裝的是什麼，反正肯定是違法的東西才能威脅妳，好讓他自己避開風險，對吧？反過來說，這袋東西可以捏住他的命，唉呀，我這樣說是不是有點可怕？不好意思喔，我的客戶來來去去，什麼樣的人都有，尤其是做黑道那途的，他們更希望能為自己的家人買一份保險，這樣自己哪天出事了，還能給家人一個保障……我扯遠了，妳剛剛有聽懂我的意思嗎？」

女人愣愣地嘴巴一張一合，像個兩眼無神的魚，張嘴只是為了吞食或呼吸。

「到了車站後，先去廁所換上這件外套，再偷偷把行李藏在廁所清掃用品的雜物間，逃走、打給他，告訴他若不想被自己的老大追殺，就乖乖先把底片交出來，直到妳成功拿到底片和坐上返回的列車前，都不要告訴他。」

「那……什麼時候才能說？而且我真的能坐上回家的車嗎？他一定會一起上車殺了我！」

「他不會上車的，只要看見妳雙手空空，就會知道行李一定還在博多車站，所以他不會走。妳就告訴他，妳會在某一站下車打給他，讓他乖乖等妳。」

「妳、妳怎麼知道他有行動電話？」

「我的眼睛又沒瞎，那麼大台的東西背在他肩上耶。」

「抱歉……我……」

「我說過了，緊張會害妳看不到生路，這就是我提供給妳的方法，妳可以不試，就按他說的做，但他還會不會變本加厲，我就不知道了。」

「那、我告訴他之後，他如果回來東京追殺我、或者是去我工作的地方大鬧呢？」

「妳當然一上車就要通報車長，告知他們有個黑道份子在車站準備交易不良物品，而妳因為受到威脅，按照他的旨意把東西藏在廁所裡，這樣……他至少有幾年的時間，騷擾不到妳，我想這麼長的時間也夠妳做其他準備了吧。」

女人的肩膀漸漸鬆下來，嘴巴維持著半張姿態，這說明她非常信任我，已經全盤相信我說的話，並且絕對會照做。

我不經意地用眼角餘光，發現旁邊正有人在看我，轉頭，老公他正用著一雙清冷的眼神，靜靜地看著我們，不知道清醒多久了。

「老公，你醒啦？還有很久才到呢。」

「妳又在給人出主意啦？難怪妳的業績老是那麼好，就是太多管閒事。」

「我們這行就是要夠雞婆啊，這位小姐，以後妳的危機解除了，歡迎來找我買保險喔。」

「喔……好的！一定會！」

老公無奈地笑了笑，「希望我老婆剛剛沒給妳添麻煩。」

「你們夫妻看起來感情真好。」她欣慰地看著我們，我猜她是想起了自己的未婚夫。

「妳現在應該也在熱戀中吧？都是要結婚的人了。」

她搖搖頭，「我老公現在外派到泰國，所以……距離我們下次見面，可能都是快要結婚的時候了。」

「外派到泰國？語言能力這麼好啊！該不會是航空行銷部的？」老公一下子精神就來了，他老是說，能把英文說得流暢的人，一定不簡單。

「不是，是貿易行銷。」

「哇！果然是行銷啊，在國外做行銷肯定很辛苦，代表妳的未婚夫能力很好。」

「沒這回事，他也才剛去一年而已。不說我了，你們呢？是結婚紀念日的旅行嗎？」

我歪著頭想了想，「算是吧，我們也結婚快三年了呢。」

「老實說，我覺得有點羨慕你們，因為婚後還願意讓妻子繼續工作的人不多……當然了，我自己也知道，我的能力繼續工作的話，對家庭的幫助不大，所以覺得島澤先生一定很愛太太。」

老公笑了笑，「剛剛我就說了吧，我的妻子業績真的很好，我們倆現在多賺點，以後有了小孩，也無後顧之憂了。」

「兩位還沒生小孩？」

「是啊，可能緣份還沒到。」

一閒聊起來，女人完全忘了自己剛剛有多麼害怕，直到那個男人再次經過我們去上廁所，女人這才想起自己的處境，一下子又安靜下來。

老公打了個哈欠，「我繼續睡一下，到了叫我。」

「不吃便當嗎？」

他遲疑了一下，「還不餓。不過晚點我會吃到一點也不剩的，畢竟是妳做的。」

我甜蜜一笑，幫他拉了拉外套，剛剛過了大阪，果真外頭的天氣已經恢復晴朗，連什麼時候停雨的，我們都沒發現。

女人在安靜下來後也沉沉地睡去，可能被逼得好幾天都睡不好，現在有解決辦法，才睡得著。

也不知道是從什麼時候開始，我對於觀察人的表情和肢體動作等，非常拿手，這項技能帶給我很大的方便，尤其在保險業，保險業這幾年可說是日本最賺錢的行業了。當然，這也不代表老公就不會賺錢，他從事土地買賣的業務，這幾年日本的經濟可說是愈來愈好，幾乎只要在中小型公司裡工作的人，都可以讓家庭經濟保持在小康。

唯獨，在樣樣都好的時代，還是會有點遺憾。

我們生不出小孩。

從剛結婚，老公就一直說很想要小孩，他最大的心願是能在第一年之內抱得第一個孩子，如果是女孩的話，就再生一個，如果還是女孩，就不生了。

他說：「如果兩胎都是女生也沒關係，女生貼心嘛，而且我也不想要妳太辛苦，為了拼一個兒子，一直生下去的話，我會心疼。」

他就是個這麼好的人。

我們認識不到一個月就結婚了，他什麼都好，願意讓我繼續工作、也不在意常常晚上回家，為了讓我罪惡感少一點，還老說即食品的咖哩永遠吃不膩。

我也很想能為這樣的人，生一個孩子就好了。

所以這趟旅行對我們來說很重要，這是某個客戶告訴我們的，人吉有間神社非常靈驗，只要去參拜過一次，回來一個月內就能懷孕，我們就是為此而來。

雖然旅途中，碰到一個受到威脅的女人，實在出乎意料，但只要她照我說的做，應該沒問題。

「就算有，也不關我的事了。」我輕聲呢喃，盯著窗外發著呆，玻璃的反光照出我那張冷漠的臉，像個事不關己的人。

我不覺得我虛假，在我認為，人人都有兩副面孔，我當然不可能像我營造出來的那樣，熱心助人。一切不過是為了長遠的利益，或者潛在的客戶開發而已。

只要能快點讓我們家有個小生命到來，一切就圓滿了。

別人的生死，我一點興趣也沒有。

快要抵達博多站之前，我小聲叫醒老公，隨口胡謅說到站了，匆匆下車。

直到列車再次啟程，我看著女人感受到動靜往窗外看，我對她笑著揮揮手，用眼神傳達祝福給她。

她一定會照做的。

因為人啊，怎樣都想活得更好。

「還沒到啊，這裡不是博多。」老公後知後覺地說。

「那我們就在這裡吃個便當，等等再搭一站吧。」

他瞥了我一眼，他總是這樣，無論我偽裝得再好，總是一眼就能看穿我的謊言，卻不說破。

「也好，好餓啊。」

就因為這樣，我才會深深地喜歡上他，認為全世界只有這個人，能愛著真正的我，就算我不卸下偽裝，他也沒關係。

「老公啊，我們先來想名字吧。」

「妳也想得太遠了，都還沒懷孕呢，怎麼知道是男是女。」

我咬了一口肉排，味道很清淡，我可能又忘了加鹽了，老公吃得津津有味，彷彿這是多麼難能可貴的珍饈。

「那先假設是男孩吧，如果是男孩，要取什麼名字好？」

「健三不錯。」

「哇，想這麼快，你果然早就想好了。」

「不是，妳看對面的那塊招牌，就寫著健三啊。」

「討厭，如果真的生了男孩，可別後悔取這麼隨便喔。」

「妳真的要用這個？那不行，我想想，叫圭吧。兩個土疊在一起的『圭』。」

「有什麼特別的寓意嗎？」

「妳想，我們兩個就是這個家的支柱，所以做為我們的兒子，他就是在我們的保護下長大，所以取做『圭』。」

我溫柔地笑了，這才是認真思考過的名字嘛，「這個名字真好，如果是女兒的話，就可以叫圭子。」

他馬上搖頭，「女兒我早就想好了，要叫美加。」

「美加？我的名字裡都沒有這兩個字的發音啊，有什麼原因嗎？」

老公嘿嘿笑了兩聲，「我們的女兒肯定很漂亮，以後是要當偶像的，所以當然得取一個偶像一點的名字啊。」

我的老天，我怎麼已經可以預見，未來他會是個把女兒寵壞的爸爸了。

我們一起笑得開懷，飽足一餐後，重新坐上前往博多的班車，抵達後還得轉長途巴士前往人吉，接下來的路途相當奔波。

列車一到博多站，就看見月台上有點混亂，很快地有個揹著行動電話的男人，被警察制伏在地，並發出憤怒的吼叫聲，把路人嚇得有點驚慌，誰也不敢從那邊經過。

「真混亂啊。」

「是啊，我們從西口出去吧。」內心小小地替女人高興，好在她鼓起了勇氣，否則她一定無法順利結婚了。因為這樣的人，是不可能只威脅一次就罷休的。

舟車勞頓，等我們抵達人吉的飯店，我們都疲憊不堪，偏偏請旅行社代訂的飯店，看起來年久失修，一點高級感都沒有。

「老公，這飯店看起來好爛。」

「沒辦法啊，妳看人吉這個地方，這間旅館可能已經是最好的了。」

從巴士快要開到時就能發現，遠離了已開發的城市，這裡處處都是矮房、農田，放眼望去一望無際，和在東京時相比，天差地遠。

「好吧。」拖著行李辦理入住，這樣一間破爛的飯店，沒想到還有電梯，雖然電梯升降時會有奇怪的聲音，讓人有點害怕。

「我們這裡早餐都是直接送到房間，兩位有多訂了今日的晚餐，待會兒也會一併送去。」飯店人員一邊介紹，一邊幫我把行李拉到門口。

「有賣啤酒嗎？」

「您的夫人在預約時已經註明，所以冰箱裡已經擺上充足的啤酒了。」

老公驚喜地笑了，「老婆！還是妳貼心。」

我倆摟著進屋，我直接往床上一躺，累到很想直接就這樣睡著，連起來洗澡都懶。

「別睡啊，老婆！今天不是排卵日嗎？」

「嗯、對……」

他打開一瓶啤酒，咕嚕咕嚕一口氣喝了好幾口，「我們連在排卵日做都可能懷不上了，絕對不能在平日，所以快起來吧。」

我撐起身子，「那我先去洗個澡。」

「好，我等妳。」

腳步相當沉重，也不知是不是搭了半天車的關係，我打開水流相當小的蓮蓬頭，竟然累得連往身上衝的力氣都沒有，就這樣任由水慢慢流進排水孔，也想把我自己，一起流進這個排水孔，再也不要出來。

外頭，傳來老公和人講電話的聲音，有說有笑的，似乎在向對方炫耀來到多麼偏遠的地方，嚷嚷著這裡的偏僻程度，絕對讓人想也想不到。

我把水龍頭轉緊，發出刺耳的聲音。

走出浴室時，我的頭髮滴著水，也許現在的我看起來很性感，就像廣告女星那樣，一步步走到床邊，老公掛斷了電話，直接把我擁入懷。

我們的晚餐累到連半口都沒吃，直到早上被陣陣的果蠅撲臉搔癢，才發現晚餐不過放了一晚，竟然就已經腐敗到生出果蠅了。

在廁所刷牙的老公，邊刷邊走出來說：「妳看，還好我們昨天沒吃晚餐，感覺好不新鮮。」

「是啊，才一個晚上就這樣了，明明就有開冷氣。」

「那個冷氣半夜自己停掉好幾次，熱都熱死了。」

「啊？我都沒發現。」

「每次我一熱醒就馬上開了啊。」

「我的老公怎麼那麼偉大，都沒讓我熱到呢。」我伸了個懶腰，這樣開頭的早晨，讓我預感，我們今天的參拜會非常順利。

飯店人員準時地送來了早餐，結果只是奶油吐司配咖啡，還有一顆煎蛋，寒酸地令我們又想念起東京的一切。

難怪人家常說，東京是所有日本人最想去的地方，一旦去了，就再也離不開了。即使我們住的大塚算是有點偏離都心，至少比這裡的一切都還要熱鬧。

「真討厭鄉下哪。」

老公一聽，立刻笑了，「有人還說空氣清新，可以行光合作用呢。」

「別糗我了，我已經後悔了！」

2.

明明是星期假日，但在人吉這裡，一點也感受不到人潮，騎著腳踏車輾轉過了幾條街，窄小的道路，騎在路肩相當危險，前方的老公哼著歌，看起來心情很好。

本來早餐過後應該要直接前往神社的，他偏偏說要來參觀這裡最有名的一個景點——雖然我一點也不想來。

「到了、到了！」腳踏車急煞的聲音相當刺耳，老公歡喜地指著前方位於墓塚旁的寺廟。

「這裡就是永國寺！」

他偏偏說什麼也要來看這裡的『幽靈掛軸』。

此時一陣涼風吹來，像在告訴著即將進入的人們：「小心啊！害怕的話，就快走吧！」

寺廟裡沒有看見住持，只有一名和尚清掃著落葉，和尚的身影和這歷史悠久的寺廟形成一幅和諧的存在，如果只站在街道上欣賞，不要入內就好了。

我攔不住好奇心旺盛的老公，他迫不及待地入內參觀，很快就找到那幅有名的幽靈掛軸，不需要走近，就能看見身穿白衣沒有清楚面孔的幽靈掛在寺內，相當醒目。

「哇……這就是幽靈掛軸啊！」他拿出相機，在我阻止之前立刻拍了一張。

「老公，幹嘛拍這個啊，要是回去洗出奇怪的東西的話……」

「剛好可以報名靈異節目啊，等等我們也在這兒合影一張。」

「不要！」我忍不住抱緊身子，似乎愈來愈冷了，老公卻一點想要離開的意思也沒有。

「妳知道這個幽靈掛軸的由來嗎？傳說啊，以前這附近有個大地主，他的老婆因為一直和他處不來，最後跑來這裡投池自盡，變成幽靈後被和尚看見畫下來，才有了這幅畫。」

我一聽，慢慢放下搓著身體的手，他說這故事時的目光，始終盯著我，不是看著畫。

「老公，你說錯了吧，我聽到的可不是這樣。明明是那位地主包養了小妾，後來元配知道小妾的存在後就日日折磨她，她受不了跑去球摩川自盡，最後變成幽靈去騷擾元配，元配只好找上了永國寺的和尚，懇請幫忙超渡，所以才變成了這幅畫。」

「什麼啊，看妳那麼害怕，還以為妳什麼都沒查呢。」

「要知道害怕的東西是什麼，才能小心防範啊。」

「那妳認為哪個故事才是真的？」

我轉身走到窗邊，看了眼湧水池，「你覺得這樣一個池子真的能把人淹死嗎？怎麼想都是死在球摩川還比較有可能。」

「有道理，我果然辯不過妳。」

「不覺得奇怪嗎？為什麼會延伸出兩種全然相反的故事？一個死的是元配，另一個死的是小妾。」

「會不會是依照大眾觀感，覺得元配死掉太可憐、太不可理喻，所以才改編成小妾？」

我頓了頓腳步，轉頭，老公仍站在那幅畫旁邊，「不要在那死來死去了，多不吉利。」

「哈哈哈！抱歉。」

「我們先去鍛治屋町那的商店街，看看有沒有蕎麥麵可以吃吧，來這裡晃一圈，都餓了。」

他故弄玄虛地笑了笑，「搞不好是妳的陽氣被吸光了！」

「不要亂說，真討厭。」

臨走前，我發現和尚還在掃落葉，明明還不到秋分，落葉並不多才對，準備踏出門檻時，我一愣，「不對啊，那個和尚怎麼從剛才到現在，都在同一個位置？」

「什麼和尚？」老公也轉頭看了看，這時哪裡還有和尚的蹤影。

「老公，我們快走吧。」

「喔……」

人吉這個地方有很多紀念塚、遺跡等等，想來想去這裡瀰漫著一種鬼怪遍布的氣息，所以就算發生什麼怪事，還是假裝不知道比較好。

吃了碗熱呼呼的蕎麥麵，我們前往車站搭乘公車，準備前往雨宮站，公車上的乘客一樣稀少，而且都是老人或是學生。

沿途公車開在蜿蜒的道路上，把我轉得暈頭轉向，除了高大的山林之外，就是滿片的田地，在這裡要看到一棟高樓，似乎非常有難度。

愈往山上開，乘客就減少得愈快，等到最後都只剩我們一組乘客了。

「老婆，我剛剛忘了上廁所，感覺等等下車好像也沒有廁所耶。」

「……」我不可置信地看著他，無奈我們已經要下車了。

我看著公車毫不留情地揚長而去，破舊的站牌上寫著的時間，至少得等上五十分鐘才有下一班。

沿著站牌轉了一個彎，就可以看見指示前往神社的路牌，旁邊有幾戶農家，然而農業沒有休息日，我們在門口喊了半天，都沒有人應答，好似在這荒郊野外裡，只有我們兩個大活人。

「不行啦，我憋不住了。」老公說著，就跑去前方的樹林裡小解了，我跟了過去，才發現他跑去的那片樹林，已經屬於雨宮神社的一部分。

「老公！不行！」我驚呼失聲，樹林內的烏鴉群忽然被我驚動，一下子飛出好多烏鴉，天空忽明忽暗，像極了大片烏雲飄過。

「妳剛剛大呼小叫什麼啊，我差點尿到手上了！」

「你看這個指示牌，這裡已經是神社的一部分了！」

他揮揮手，立刻對著山林雙手合十，「神靈啊，請原諒渺小的人類有三急，絕對不是刻意冒犯，我們從東京遠道而來，本就帶著一顆敬畏的心，待會兒也會虔心參拜。喏，神明會原諒我們的，走吧！這個石階那麼高，神明哪管得到一樓這麼遠的地方啊。」

我已經不知道該說什麼才好了，本來就是因為這裡的靈驗我們才來的，現在一來就做出這麼觸犯神靈的事，真的沒問題嗎？

「算了，只要別遭到天譴，靈不靈也沒關係了。」我小聲咕噥，小心翼翼地踩著石階。

好不容易爬上這個人人都說靈驗的神社，竟然冷清得連個住持都沒有，就這麼小小一間寺廟立在山林中間，參拜的地方也僅限於前方的小祭台，上面擺著的花果看起來已經放很久了。

淨手完畢，虔心參拜好一會兒，好在老公是個知分寸的人，無論他內心有再多想抱怨的話，此刻一句也沒說出來。

悉悉唆唆。

左側的樹林裡，傳來奇怪的聲音，等我意識到不對勁時，已經來不及了！是一隻大黑狗！牠疵牙裂嘴地朝我們狂奔而來，老公情急之下擋在我前面，就在我以為我們要被咬時，大黑狗一口氣跳得好高，直接從我們頭頂跳過，奔向另一邊的樹林裡。

「那、那個狗……」老公嚇得不輕。

「牠好像眼睛看不到，我剛剛注意到了，那隻狗的雙眼應該有白內障。」

「太可怕了，我們趕快下去吧。」

「嗯。」

滿心期待地來到這裡，對我們夫妻倆來說，說不失望是騙人的。

順利離開神社，重新回到公車站牌處，老公馬上說：「天啊！剛剛那是啥啊！那個地方也太恐怖了，比永國寺還恐怖。妳真的沒記錯嗎？確定是這裡？」

「我很確定啊，他們都說是人吉的雨宮神社，剛剛下面的指示牌也寫了。」

「嘖。」他發出『嘖』的聲音，每次他有任何不耐煩或是不順心都會這樣，除了這個聲音以外，他什麼也不會說。

就像我的飯菜其實做得很難吃，他只在第一次吃到時嘖嘖兩聲，之後卻總稱讚我，說很好吃。某次我因為去外地出差，來不及把他西裝燙好，隔天晚上回家，他也是這樣。當我已經不知道驗孕到第幾次，都沒懷上孩子時。他也是發出了一聲：『嘖。』。

回程沉默的時間讓這台沒什麼人的公車，更加詭譎幾分。我已經不在意，偶爾我們會像這樣好幾天都不說話，只有遇到認識的人他才會和我和好，此刻我們在外地，想遇到認識的是不可能了。

我原本想著明天我們可以一起去參觀遺跡、青井阿蘇神社，或者去泡個溫泉，看來那些行程通通都別想了。

我只能告訴自己，夫妻哪有天天都和樂的，會吵架才是人生。

但我們，這樣也算吵架嗎？

他雙手環胸，閉目養神，這樣警備的姿態，竟然是對著自己的妻子。

晚上他沒說要不要吃飯店的晚餐，逕自買了泡麵回來，吃飽就去洗澡睡覺了，我後來餓得厲害，只好出門看看還有沒有吃的，所幸附近有一間小居酒屋，才能在晚上九點多的時間，吃上一碗熱騰騰的飯。

回到飯店，他早已睡得發出鼾聲，他有時可以睡很久，尤其是我們吵架後，他寧可睡上一整天，也不願睜眼和我吃頓飯。

就像現在。

洗完澡，躺到他身邊，我輕輕撫著他的背，覺得有些寂寞，為什麼好好地出遊，會變成這樣呢？在酒精的催化下，我沉沉地睡去。

等到早上醒來，床邊早沒了人影。

我有多後悔，前一晚，沒有好好地抱過他，因為他從這天晚上就消失了，再也沒有回來。

*

「島澤太太，所以妳早上是幾點起床的？」

「呃……大概八點多。」

「妳在八點十五分左右打電話叫早餐，那時都還沒發現妳先生人不見了嗎？」

「是的。」

「那妳是什麼時候才覺得奇怪？」

「中午過後，因為他的錢包沒有帶出門，就算和我鬧脾氣，也不至於連錢包都不帶，連他的呼叫器也在桌上。所以我就去向櫃檯詢問，後來……就是警察先生知道的情況了。」

「妳還記得昨晚是幾點回來的嗎？」

「嗯……應該不到十一點，我沒有很仔細去記時間。」

警察點點頭，他把我剛剛所說的每一個字都統整記錄起來，按照時間順序一項項整齊地條列，「請妳確認上面和妳說的內容有沒有出入，如果沒有，簽完名就可以離開了。」

「等等！我、我先生就這樣不見了耶！我離開之後，我、我……」

「我們這邊有任何消息也會傳達給東京那邊，妳可以先回家等待，我們當然也會派人調查妳先生的朋友同事，也許有人把他接走了，而妳並不知道。」警察制式化地說完，就把我請離偵訊室。

我邊走邊頻頻回頭，覺得依照那個警察隨便的態度，根本沒打算好好處理我的報案。

外頭的天已經黑了，我怎樣也想不透，好好一個人怎麼會突然失蹤，如果他要外出，又為什麼連錢包也不帶？

我不想坐以待斃，回到飯店後，立刻向櫃檯人員詢問能不能看監視器。

「這……剛剛警察也已經找我們要過了，我們這裡只是個小旅館，平時客人不多，要一直消耗空白錄影帶也是一種開銷，所以我們只在訂房率超過七成時才會啟用。」櫃檯人員一臉歉意，看起來剛剛警察已經警告過他們了。

「所以這兩天的監視器完全沒開？」

「對……」

「好，那總會有人看到我老公離開吧？」

「我們這裡一天只有十八個小時有人員，半夜時這裡是沒有人的。」櫃檯人員指了指旁邊的告示：『給敬愛的顧客：因人力不足，本店櫃檯人員的服務時間只在早上六點至晚上十二點止。』

「所以你們的意思是，我老公可能是在十二點至早上六點之間離開的？」

「是的，真的非常抱歉，無法幫上忙。」看著人員一再鞠躬道歉，我內心也愈來愈焦躁。旁邊經過一名老奶奶，呵呵笑道：「一定是被山靈抓走了，你們一定是惹怒了山靈，才會受到懲罰！呵呵呵……」

「老奶奶，您在說什麼啊？」

老奶奶的眼睛長得很奇怪，她的眼白異常地少，所以在此刻看起來更詭異了幾分，「妳不知道嗎？人吉……到處都有過怪談喔。」

「島澤太太，我相信您的丈夫一定會沒事，有任何我們能幫得上忙的，一定會配合。」櫃檯人員立刻打斷老奶奶說的話，而我因此變得更慌了。

「不會的，他一定是先回去了，一定是有人來接他，他故意嚇我的。」即使這樣自我安慰，內心的慌張感，仍無法平靜下來。

平時還頭頭是道地告訴別人要冷靜，怎麼這會兒卻冷靜不下來？

我順了順呼吸，無論如何再怎樣也得等明天早上，我才能啟程回東京，所以如果要一直這麼慌張的話，只怕我會把該記住的細節給遺忘。

我在行事曆上寫下所有的時間點，包括我們大概是幾點去到哪，全都像筆錄一樣寫清楚，比警察更仔細的是，我還紀錄了一些老公的言行舉止，為的就是希望這些都可以成為找到老公的關鍵。

當然，我內心裡某部分認為，他已經回到東京了。

結果，沒有。

直到我從人吉趕回東京，他不在，他的東西一樣也沒少，他的存摺、印章都在只有人不在。

我找出他的電話簿，一個個打電話詢問，因為我知道警察絕對不會很認真看待這件事。

「什麼？失蹤？你們不是去旅行嗎？沒有，他完全沒和我聯絡過。」

「不會吧？他真的失蹤了？有確定嗎？有的話我得呈報公司，因為他的假只請到今天。」

「真的假的？島澤前輩失蹤了？不可能！他一定是發生什麼意外了！」

我打遍了他所有的同事朋友，沒一個人知道他的下落，他就像水蒸氣一樣，忽然蒸發了，連個線索都沒留下來。

嘟、嘟嘟……

切斷的電話聲盤旋在耳邊，我的手無力地垂下來，打完這些電話簿裡的人，我已經想不到還有什麼方法可以找到他了。

或許可以登報尋人，也或許可以期待警察的偵辦結果，但……「這不像他啊。」

對，不像他。

而且也不合理。

仔細想想半夜沒有櫃檯人員的情況下，就不可能有訪客，且旅館的電話只能接不能打，只可能是有人打電話進來要他出去，若是這樣的話，那個人早在事先就已經知道號碼、知道我們會來這裡入住。

那就更奇怪了。

如果老公早就和人約好，為何不帶錢包？如果他是被人騙出去的，更不可能，因為他從來不相信人，這麼說有點奇怪，他是那種覺得人一定會說謊的類型，就像他老是說我都是用包裝過的謊言對待客戶，其實客戶根本不知道，我是為了錢才對他們好的。

本來就是事實的狀況，到了他那裡，就會變得很邪惡。

也因為他是如此妒惡如仇的人，當然不會被騙子騙走，「那只可能是熟人了，還是非常非常熟的人。」

如果都不是的話，他可能只是單純地、暫時不想看到我。

嘩啦——

外頭下起了大雨。

前幾天我們前往人吉的路上，一開始也是下著這樣的雨，是不是那個時候就已經在預告了呢……

叮咚。

門鈴忽然響起，在這樣的雨夜裡會是誰來訪？

我們的屋子並沒有安裝貓眼，雖然有安全鍊條，但要打開前，還是有點緊張。

「不好意思打擾了！我是島澤前輩的同事，我叫作瀧月夢。」

「我有打電話給妳過。」

「對！就是我，我其實是來提供一些線索的。」

一聽到線索，我不疑有他，才發現瀧月長得非常甜美，看起來大概只有二十幾歲，很年輕。

邀請她進屋後，她一直打量著我們家，從玄關擺放的貝殼盤，再到客廳掛的畫，審視一圈她才在榻榻米的坐蓆上坐下。

「島澤太太，你們家布置得真有品味。」

「這不是我布置的，都是外子發想的，包括這幅浮世繪，也是他去年從畫廊買的，他從那時就對浮世繪特別有興趣，為了要買回來，我們一度還吵了架呢！畢竟要一千五百圓美金啊！」

「可是島澤太太還是讓他買了啊。」瀧月發出銀鈴般的笑聲，好像漂亮的女孩子都會有這樣的聲音。

「他喜歡嘛，掛在家裡看久了，好像也覺得有那麼點價值。」

「常聽前輩提說太太很會賺錢，看來這幅畫其實也是您投資的呢。」

我莞爾一笑，「夫妻哪有什麼你我，是一起。對了，妳不是說有線索嗎？」她悠哉地和我閒聊那麼多，完全不像真的有線索。

她捧起茶杯，輕啜一口，嘴角始終上揚，仔細看就能發現那是天生的，人家都說嘴角容易透露情緒，像瀧月這樣的女孩，卻很難看出真正的樣子。

她從剛剛進屋打量，又扯了那麼多無關的話題，從頭到尾身體都保持前傾，雙手就算捧起茶杯，也不會過於用力，說話時直直地看著我的眼睛，完全不閃躲。

我讀不出來。

我居然也會有讀不出別人心思的時候，剛剛我還有點瞧不起她年輕，沒想到她這麼厲害。

「嗯，我有線索喔，只是……我不知道該怎麼說。前輩他啊，是個做事很有計畫的人，無論是在工作上、還是其他地方上。」

我感同深受地點點頭，他很喜歡計畫事情、計畫人生，所以他才會那麼迫切，希望我們能照著計畫懷孕生子。

「聽到前輩失蹤我也很緊張，所以就偷偷去前輩的座位上翻看看，結果就翻出了一張計畫表，是你們的出遊計畫呢。」她從包包裡拿出一張紙，且字跡一看就是老公的。

我看著計畫上寫著我們去拜拜、回程，晚餐在某某拉麵店用膳，連幾點回到飯店都記錄了。

「可是島澤太太，妳看，隔天你們明明還有一整天的行程可以跑，他卻完全沒有規劃，只寫了下午一點要回東京。」

我忍不住紅了臉，「這個嘛……我猜，他原本是想說，我們前一天去求子參拜，所以晚上可能會很累，才會……咳。」

瀧月恍然大悟，「原來如此！是我疏忽了，沒有想到這個層面。不過，你們的參拜還順利嗎？」

我搖搖頭，「我們吵架了，所以晚上根本沒發生什麼就睡了。」

「前輩是個相當討厭計畫被打斷的人呢，非常非常討厭。」她緊緊盯著我，那雙明亮的大眼，不知為何看得我有點發毛。

轟隆隆——

外頭的雷雨，更大了。

而我也終於找回自己的冷靜，或許是因為，我覺得現在有點危險。

3.

雨夜仍在持續，我覺得喉嚨又乾又渴，無論我喝了多少杯茶，都沒用。

「要不要喝點啤酒？」

她婉拒地說：「我懷孕了，所以不能喝酒。」

「真是恭喜妳！原來妳已經結婚了？」

「不是……我們是先上車、後補票，還沒正式結婚，但也快了。」她的嘴角微揚，似乎覺得這是一件非常值得炫耀的事。

我逕自打開啤酒，「妳剛剛說外子很討厭計畫被打亂，我也了解他的個性，這就是妳要提供的線索嗎？」

瀧月抿抿唇，這看起來像是準備說謊會有的動作，我不能確定，有的人緊張也會這樣。

「不是的，因為前輩已經和我約好了，在你們旅行結束後，會把一個客戶的案子交給我。」

「什麼案子？一定得要在假期一結束就給妳？」

她把左邊的頭髮塞到耳後，「一個非常重要的案子，因為最後的部分得由我去談，前輩說重要的資料彙整，他會利用假期完成，所以……他失約了，這很不尋常。」

「這兩天我並沒有看到他在工作啊，難道他是因為工作完成不了才故意失蹤？不可能吧。」

「其實客戶剛好也是人吉出身，因為工作繁忙，聽說已經十幾年沒有辦法回鄉了，所以前輩決定去買山雞馬當作禮物。有沒有可能，前輩是在早上出門去買山雞馬的時候，發生了什麼事呢？」

山雞馬是一種裝上車輪的木雕玩具，聽說只有在端午節時，才能看到各個攤販擺出來賣，其他時節就要特地去專門製作的店面買，我看著那張行程表，竟然完全沒提到山雞馬的事，有點疑惑。

「如果是這樣，他為什麼沒寫上去？」

僅僅一瞬，瀧月的眼底閃過一絲異彩，就像懷有祕密的人，極力在隱藏。

「真的呢，我也覺得奇怪。但島澤太太，現在這點並不重要，前輩一定是遇到什麼危險了，警察的動作這麼不積極，您看起來好像也不擔心？」

我的臉立刻垮了下來，「我怎麼可能不擔心？我瞎操心有什麼用！我根本沒有辦法找到他。」

「我和島澤太太一起找吧！前輩一直對我照顧有加，這種時候當然不能見死不救。」

「先不提妳已經懷有身孕，我們兩個人能做什麼？」年輕的女孩就是天真，她難道把別人的老公失蹤當成偵探遊戲嗎？

「很簡單，我們一起把你們已經走過的行程，再走一次，一定能找到蛛絲馬跡，島澤太太剛好也可以再回想，有什麼記漏的。」

「這樣做，真的有幫助嗎？」想起那個神社，我直覺地，不想再去一次。

「搞不好……可以在神社裡找到什麼呢。」她看起來像是不經意，說出來的話卻讓我愈聽愈悚然。

「他難道大半夜的一個人跑去神社？不可能！那在山上，半夜根本沒有公車。而且那裡那麼恐怖，他幹嘛去？」

她眨了眨眼，用著再天真不過的語氣說：「因為你們吵架了嘛，前輩肯定認為，一定是白天在神社不夠虔誠、不夠尊敬，所以想自己再去拜一次？」

「……滿像他會做的事。」

「對吧？前輩就是這樣默默地為別人打理好一切的人哪。」

「妳還真了解他。」

「島澤太太千萬別誤會，我已經是有身孕的人了。」

「我沒那個意思，是我失禮了。」

「雖然我也很想快點去找前輩，但我只能訂得到後天的車票，還要請島澤太太再多煎熬一下了。」她拿出一張車票，放在我面前。

「妳的效率真好，和外子很像。你們在工作上，肯定是合作無間的好夥伴。」

「那是當然的。那麼，我們後天見。」

「雨這麼大，我幫妳叫台車吧。」

「我其實就住附近，走路就到。」

匡啦，門被她輕輕帶上，最後那句話不知怎地，讓我覺得哪裡很奇怪。啊……她說她住在附近，走路就到，鞋卻是乾的。

「難道她也住在這棟公寓？那她為何不明說？」

心中縱然有再多疑惑和擔憂，我還是在這雨夜裡沉沉地睡去，睡夢中，那個詭譎的神社又出現了，但我並沒有在夢裡看見老公的身影。

*

次日，我才剛把請假單交出去，同事就說有客戶來找我，目前人在一樓大廳。大廳來來往往很多人，畢竟這棟辦公大樓不只我們一家公司，我在人群裡東張西望，很快地有個人先向我揮手。

「是她啊……那個被威脅的女人。」

女人看起來依舊陰鬱，但她願意來找我，就代表所有事情都該告一個段落了。

「島澤小姐，妳真的在這上班呢。重新自我介紹，我叫村田由紀，這是我的名片。」這次的見面，她不但願意自報名諱，也願意交換名片了，原來她在一家頗有名氣的商社上班，難怪她會任人擺布。

「妳好，村田小姐。不介意的話，我們去咖啡館聊聊吧？」

我沒有選擇開在公司旁邊像飲茶店吵雜的地方，而是輾轉進入到新宿看似龍蛇混雜的巷弄，進入一家隱密的咖啡館，這裡平時都是酒店小姐和客人偶爾相約見面的地方，在這種平日的早上，咖啡館顯得特別清靜。

我們移動的時間裡都沒有交談，我想村田還在醞釀想要說的話，直到年邁的咖啡師為我們送上兩杯咖啡後，她的表情才稍微放鬆。

「我這次是來買保險的。」

醞釀了這麼久，卻說出這麼一句話，實在出乎我意料。

「島澤小姐，如果有什麼推薦的保險，就請賣給我吧。」

「我們的醫療險目前有優惠，前三期不但打八折，且只要繳滿二十年就能終身保固。」

「終身保固？」

「也就是之後都不必再付錢，也能享受到保險的保障。」

她沉默了一會兒，拿起咖啡喝了好幾口，「好，我要買這個。」

我也喝了幾口咖啡，實在揣測不出她的意圖。「妳真的只是要來跟我買保險嗎？」

「當然了！難道我還會有其他的事情，需要麻煩島澤小姐嗎？」

「比如妳那個……」

她立刻打斷我的話，「我現在很幸福，一切都會變得很好，所以才需要一份保險，確保我的未來。」

「我明白了，我會為妳規劃出最好的方案。」

從剛剛到現在一直很壓抑的她，終於按捺不住，露出了最真實的表情，她的瞳孔顫動，嘴唇也不自覺地發抖，「島澤小姐！我真的會沒事嗎？那個人……真的不會再來找我了，對嗎？他會出獄啊！他一定會找我報仇的！」

我輕輕握住她的手，希望她能讓情緒平靜下來。

「村田小姐，我說過了吧？別受恐懼支配了，一旦縱容這份情緒，妳會失去判斷、失去最好的決定。」

「我……我希望能有個像保險一樣的保障。」她渴求地望著我，我不明白她提出這種要求，是希望我能給什麼建議。

「他知道妳未婚夫的名字嗎？」

「他只知道我快結婚了，但不知道對方是誰。」

「那不是很好解決嗎？你們會生孩子吧？趁著懷孕就把工作辭了，雖然那間公司很好，有捨才有得。懷孕辭職妳的未婚夫也不會覺得奇怪。」

「這樣就解決了？」

「換了戶籍和姓氏，他要從何去找妳？村田小姐在公司沒有親密的朋友吧？公司以外也沒有。」

「妳怎麼知道？」

「因為這麼嚴重的問題，妳不去找朋友商談，而是選擇我這個陌生人，妳也是走投無路了。別想多，我不是在嘲笑妳的意思。這樣吧，保險順便連妳未婚夫的一起買，為了安全起見，之後的簽約我們都用郵寄和電話解決。」

「……好，沒問題。」

「在日本，要把自己躲起來，很容易的。」這句話一說完，我愣了愣，因為想起了老公，想起他是不是也是刻意躲起來的。

目送村田離開，我再度審視村田的名片，她的人生變好了，我的卻往反方向前進中，好像兩台短暫交會的列車，在那麼短短一會的時間中，很多事情都改變了。

虹吸式的咖啡機發出煮沸的聲音，沒多久煮沸的咖啡便慢慢地穿過中間，過濾到玻璃壺中，我們的人生都像這杯咖啡一樣，被強制地過濾了。

*

這晚輾轉難眠，想到隔天要和目的猜不透的瀧月小姐一起重新走一遍行程，就覺得忐忑。她似乎知道得比我更多一點，不管是老公的真實個性，還是這次失蹤的原因。

中午，我們剛坐上車沒多久，瀧月小姐拿出兩個小巧的便當盒，「我想妳一定還沒吃午餐，與其買列車便當，不如吃我做的。」

「這怎麼好意思。」

「別客氣。」她笑了笑，表情像極了偷偷幫喜歡的男生做便當的高中女生，純情可愛。

便當的內容物充滿了可愛的章魚，以及精心設計過的配色，吃一口炸肉，美味得難以置信。

「好吃嗎？」

「非常好吃！」

她露出燦笑，整個人像在發光——原來廚藝好的女孩，不需要多做什麼，就很耀眼。

「我媽媽從小就很要求我廚藝，她說啊，只要能抓住男人的胃，這輩子離幸福就不會太遠。」

「妳和媽媽的感情真好呢。」

「島澤小姐和母親的感情不好嗎？」

「家母對我很嚴格，就是太嚴格了，所以我們現在的關係有點疏遠。」我露出為難的笑容，希望她不要再探人隱私了。

好在，她停止了這個話題。直到我們抵達人吉之前，她幾乎都在睡覺，或許孕婦比較容易累的關係。

抵達人吉的時間比上次要再更晚，時間都已經晚上七、八點了，所以我們辦理入住就各自休息了。

因為住的旅館是同一間，所以櫃檯人員看見我，明顯面露驚訝，或許這個時間點再回到這裡，對他們來說有點敏感。

也不知道警察的調查進度如何了，他們這兩天都沒聯繫我，可能真的沒有新線索。

才發現，瀧月住的房間是原本我們住的那房，我沒有告訴她，反正她也沒問。我的房間在她對面，如果她晚上有偷偷走動，我應該能聽見。

結果我睡死了，睡得和老公那晚消失一樣沉，甚至還有一點累。

叩叩叩叩叩！

急促的敲門聲把我嚇了一跳，我急忙打開門，只見瀧月鬆了口氣，「太好了，妳還在。」

「有什麼理由會讓我在大半夜突然消失嗎？」

她一愣，眨了眨眼，這看起來像是她要說謊的習慣動作，「當然沒有了，任何人都不會有。」

「不，外子就是這樣。」

「對，我差點忘了。」

她僵硬地背過身，「我們三十分鐘後樓下見。」

「嗯。」

奇怪。

太奇怪了。

直覺告訴我，應該要聯絡警察，告訴他們現在的狀況，可是我也說不上來，怎樣的情況才叫做可疑。

感覺眼前有一片濃霧，像在起霧的山林裡漫走，然後我怎麼走都走不到出口，在那個空間，誰都不在，老公也不在，我孤零零地走，最後……

鬧鐘聲把我的靈魂拉了回來，差一點我就要被自己放大的恐懼拉走心神，人果然一不注意就會變得懦弱。

三十分鐘後，我們前往永國寺，一路上瀧月雀躍的表情，讓我一度以為，她是來旅遊的。

「島澤太太，這裡就是有放幽靈掛軸的地方對吧？我先一步進去看囉！」她像個觀光客似的衝進寺廟，一點都沒有對寺廟該有的尊重，兩旁的墓塚她也不看在眼裡，喧嘩吵鬧的讓我覺得有點丟臉。

她大概是那種，希望目光焦點都在自己身上的人。她很能抓住別人的眼球，知道要怎麼表現自己，願意討好別人而做努力，比如那個便當，我並不相信她的母親真的會從小灌輸小孩那種奇怪的觀念。

她現在會刻意喧嘩，也只是因為旁邊有幾組遊客，他們很快地就被她活潑的形像吸引，雖然都只有男性，一起前來的太太們，都露出了不快的表情。

我不知道老公身邊有這麼可愛的後輩，他從沒提過瀧月，瀧月卻很清楚我們之間的事。

「她已經要結婚了。」我再次提醒自己，好像這樣就不會想到奇怪的地方。

她獨自站在畫軸前看了很久，久到我走到她旁邊，她都沒有動過。

「這幅畫很吸引妳？」

「太美了。」她低語呢喃。

「美？」我不可思議地驚呼，怎麼看都是一幅畫著幽靈的畫，我不懂美感在哪裡，就像我一直不懂客廳那幅浮世繪，品味到底好在哪，價值居然要一千五百美金。

「是啊，而且它的眼神也很美。」

「它不是沒有臉嗎？」

「那是島澤太太看得不夠仔細，只要用心看，就能看到任何人的臉。」

「所以，妳有看到外子的蹤跡嗎？」

「嗯，我有看到喔，在他失蹤之前，他相當期待今後的未來。」

我才發現，瀧月不知從何時起，不再看著畫，而是直直地盯著我，那股壓迫感連平時從容如我，都有點撐不住。

「別說這種沒建設性的了，我們不是來找證據的嗎？」

「也對——對了，島澤太太聽過這個幽靈掛軸的故事嗎？」

「聽過。」

「這樣啊，真可惜，看來接下來的時間，我們又沒話聊了。」她聳聳肩，眼神已不像剛剛那樣奇怪，彷彿她什麼話也沒說。

接著又去了蕎麥麵店，我刻意在商店街注意有沒有賣山雞馬的店，卻沒有看見。

「看來前輩絕對沒有回到這呢，而且這條商店街好無聊，一點新意都沒有，前輩逛的時候，一定頻頻打哈欠……啊、請千萬不要誤會，我們偶爾會支援市場調查部門，所以常常得外出做統計。」

「妳為什麼總是怕我誤會呢？」我維持著笑容，對於這個問句，她一點緊張的表現都沒有。

「因為我得尊重前輩的太太啊，妳對我來說，就像半個前輩。」她認真地說，認真到我沒辦法再懷疑她，因為這樣只會讓我變得善妒。

終於，在快一個小時後，我們已經抵達神社的山腳下，這裡陰森森的氣息沒變，不同的是，旁邊的農家不時有男孩嘻鬧的聲音。

瀧月先是對著階梯行禮，才謹慎地往上爬，為了擔心她這個孕婦，我只好走在她後面，預防任何萬一。

「這裡挺涼快的。」

「是啊。」

「不過等等我們回去得要小心了。」

「為什麼？」

「島澤太太，這世上最可怕的人類，就是男人喔。」

「……」我和她絕對無法當朋友，因為她說的話，實在太難懂。

總算爬上去，我有點警戒地左顧又看，深怕一個不注意，上次那隻惡犬又跑出來了。

「島澤太太，妳的表情不太好啊。」

「怎麼會呢？」

「我昨天啊，來之前又做了點功課，妳也知道我們做業務的，認識的人多，要打聽什麼小道消息很容易。」

她又用這種拐彎抹角的方式說話了，她非常擅長引導談話的節奏，就像剛剛，她刻意讓我感到恐懼，好在我很快就穩定了心神。

她沒有按照參拜的程序，這行為和帶有敬意地行禮形成違和，她慢慢繞到神社的後方，我猶豫一下才跟上，後面有一口枯井，往井口探下去，已經乾涸了。

「聽說很久以前，這裡住著一個魔女，就住在這林子的深處。」她指著黑漆漆的森林，我深吸口氣，儘量不要被她影響。

「結果有一天，魔女終於破戒喝了人血，讓山神大怒，引發了森林火災，一下子就把魔女的家燒光了，從此再也沒有人敢上來這裡，所以這裡才會這麼冷清。」

「妳在說什麼啊，聽說當地人很信任這個神社，除了能讓大家年年豐收，沒有子嗣的也能求得一子，所以我們才會來啊。」

她噗哧一笑，「我當然是開玩笑的，緩解一下氣氛嘛！對了，要不要去森林深處看看？一個人如果要無緣無故失蹤，果然就是神隱了吧。」

神隱。

也就是被山裡的魑魅魍魎給帶走，一些怪談裡常有這樣的事情發生，我不屑地笑了笑，「我已經是這個年紀的人了，怎麼可能還會相信那種無稽之談，要看就去看吧！我可先說，如果再遇到那隻惡犬，害妳腹中胎兒有什麼危險的話，我可保不了妳。」

她摸了摸肚子，堅定地說：「我的孩子很堅強，就像我一樣。」說著，她拿出包包裡已經預先準備的兩把手電筒，簡直就是有備而來。

我跟在她的後面，戒備地走著每一步，這個森林非常難以前進，樹木盤根錯節，一不小心就會跌倒。

忽然瀧月發出了驚呼，「島澤太太！快來看這個！」她指著一塊卡在樹枝上的碎布，是深藍色的棉質衣，花樣是格紋的。

「這個不是前輩的衣服嗎？」

「外子的？」我疑惑地看了半天，腦海仔細回想他帶出來的衣服有哪些，印像中，他似乎有這件花色，但……

「妳怎麼能這麼確定呢？瀧月小姐。」

微弱的光線中，我看不清她的臉，我們的光都集中在碎布上，我的心跳得很快，那就像危險已經快逼近，會有的動物性警覺。

4.

人的一生中，總在幾個重要的時刻，視覺和聽覺都換變得緩慢無聲，這一切就像身體自主反應，希望大腦能記下這個片段，一點都不要遺漏。

我往後退了幾步就被樹根給擋住，頭頂上傳來的烏鴉叫聲，似乎在預告著即將發生的事。

瀧月搓著手上的碎布，笑了笑，「我就是知道這是他的，而且我還知道他就在這片森林裡！」

「妳對他做了什麼嗎？」
她像是聽到多麼荒唐的舉例，表情從嘴角到眼角，都呈現不自然的扭曲，「哈！島澤太太，您真是個幽默的人呢！」她不再靠近我，而是往深處繼續走。
為了一窺真相，我也只得繼續往前，跟著她走了一段路，忽然停了下來，「看啊，前輩就躺在那。」她指著前方的草叢，有一處明顯的凹陷，即使靠著手電筒的光，也只能看到好像有什麼東西縮在裡面，直到我認出了露出的部分是一隻腳，我的呼吸變得紊亂。
「妳、妳怎麼能確定那就是、就是……」
她用著極度冰冷的聲音說道：「從剛剛我就覺得島澤太太您真的很幽默了，先不說這個吧，妳不是說了，妳聽過幽靈畫軸的故事嗎？那……妳相信哪一個？」
瀧月始終背對著我，所以更無法清楚知道，她是用什麼樣的表情說這些話，至少可以確定，我不會死在一個孕婦手上。
等等，孕婦？
這樣的話，是不是邏輯上不太對？一個孕婦要怎麼殺了比自己高出一顆頭的男人，還能把屍體拖來這裡？
不對。
完全不對。
「我……我相信死掉的是小妾。」

「不對喔，死掉的人，從古至今，一直都是正宮喔！」她轉過頭，忽然把手電筒直接照著我的眼睛，突來的強光讓我站不穩地摔倒！怔怔地看著瀧月露出詭異的笑容。

「果然……是妳殺了我的老公！」我擠出這麼一句話後，她的眼底又閃過一道光，正要說什麼時，已經有一群警察衝進森林裡，大喊要她不要動！

「川中加美小姐，請不要動！」

「川中加美？妳不是叫做瀧月夢嗎？」

「不可能……警察怎麼會……」她露出慌張的表情，轉身想跑，卻想起要護住肚子裡的孩子，最後只能抱著肚子，站在原地乖乖就伏。

「島澤太太，妳沒事吧？已經安全了，請不要慌張喔。」好在我有在離開旅館前打電話給警察，否則現在的我大概……也跟老公一樣了。

一切發生得很混亂，尤其是瀧月夢不是真的瀧月夢這點，更讓我吃驚。她並不是老公的同事，而是一名咖啡廳店員，因為老公經常光顧她的店，所以兩人才有交集。

「島澤太太，接下來由我的部下為妳做解釋和協助妳做筆錄。」警局裡，負責的警察隨意就把我交接給看起來最菜的警察，他們都急著想偵訊現行犯。

「島澤太太您好，我叫野口，簡單和妳說明，這位川中小姐是預謀犯案，好在妳夠警覺提前報了警。」

「動機呢？她為什麼要殺我們？」

野口面露難色，他看起來就像第一次面對被害者一樣，「這……」

「因為她懷了外子的小孩吧，外子說了，如果生女兒，一定要叫美加。」

「您已經知道了？」

「不，聽到她的本名後，我才想到的。」

「原來如此，無論如何，還請節哀，該做的筆錄已經做完，可以回去休息了。」

「警察先生，真不公平呢。我本來以為我們來到這裡會快快樂樂的，最後……還是變成我一個人回去啊。」

「妳是指妳和妳先生？」

「當然了，太難接受了。」

走出警局的路上，地上的影子映不出此刻的我有多狼狽，想到川中那瞬間想要殺了我的表情，我依然瑟瑟發抖，只因我暫時克制了恐懼，才能拖延時間到警察找到我們為止。

「為什麼要大費周章地跑來這個地方殺我們呢？而且……殺我就夠了吧，何必……」走到一半，我才發現我已經淚流滿面，最後獨自蹲在路上哭了好久。

這陣子以來，我都一直想著，老公會回家、一定會回家，如果不是親眼看見他的屍體，我死也不想相信，我們之間最後的回憶竟然是在吵架！

「島澤太太！」野口忽然追了出來，被他撞見我這個模樣，實在難看。

「沒事吧？我其實有個問題忘了問。」不知道是不是我的錯覺，總覺得眼前這位野口警官，和剛剛在警局裡的眼神不太一樣了，像老鷹。

我吸了吸鼻子，「沒事的，問吧。」

冷風從我們旁邊吹過，我的小腿有點涼涼的，「其實川中加美要殺害島澤先生是有難度的，一來她是個孕婦，二來森林裡並沒有拖行的痕跡，這就代表了至少有兩個人以上作案，他們一起把屍體搬運到森林深處。」

我忍不住搓了搓手臂，好像愈來愈冷了。

「所以……她有共犯？」

「昨晚聽說下了雨，所以就算有痕跡，也早就被沖掉了。您直覺地認為有共犯嗎？」野口緊盯著我，我知道，我不能直盯著他的眼睛回答，必需要往下看，這樣才是尷尬又誠實的表現，因為說謊的人，通常都會緊緊地直視對方。

「我不懂警察先生要問我什麼。」

「當然是問共犯了。」他莞爾一笑，「我們不能確定川中小姐是否會不顧胎兒安危，在森林中追著島澤先生跑，並在追到的時候，還能有力氣用一刀就能把人殺死，那可是需要很大的力氣的，就我所知，島澤先生在大學時期有參加過舉重社，妳有沒有頭緒，妳先生的好朋友裡，還有沒有以前的朋友？」

「這……我並不清楚。一如他失蹤時一樣，我們做妻子的，對丈夫的了解，不是一直都只有在家裡看到的那一面嗎？」

野口頓了頓，「這樣啊，很謝謝妳的配合。而且我也有點想不透，川中加美要殺島澤先生的理由是什麼。她一直堅持說……咳，就這樣吧。」

「不用顧慮我，沒關係的。」

「她說再過不久，島澤先生就會正式娶她。」

風，好像更涼了。

「這樣啊。」我收起眼淚，收起狼狽，幾分鐘前的悲傷，好似都與我無關了。

「最後，再問您一個問題。」

「請說。」

「那天晚上，妳到底是幾點睡著的？」

「這……我記不清了。」

我不知道他問我這個問題有什麼用意，只知道他似乎認為我是共犯，這非常荒謬，難怪他們之前都找不到我老公，這種辦案能力實在可笑，怎麼可能有妻子會和第三者連手，一起除掉自己心愛的老公？天方夜譚！

不管如何，即使再天方夜譚，內心也因為野口的關係，多了一道隱憂，那就是共犯。

大概過了半年，直到川中加美被正式判決，我才從新聞得知了案情更細節的部分。

比如說她一直住在我家樓下，帶我上山那天，她的包包裡藏著的刀，竟然就是殺了我老公的那把兇器！罪證確鑿下，即便她直到最後都堅持她沒殺人，也沒有共犯，她還是法網難逃。

共犯。

我被這兩個字折磨了很久，每次有人按鈴，都很害怕是不是那個共犯要來殺我了，所以最後我只能離開東京，離開這份最賺錢的工作，離開……那個欺騙了我的，老公身邊。

我不想再去探究他的死是怎麼造成的，畢竟仔細想想就能知道，他們最開始的計畫是——殺了我雙宿雙飛。

「所以啊，真正的故事版本，根本不是那樣的，死的人……是大地主才對。」

第五幕、謝幕

1.

地上的泥濘都已經乾得差不多了，接連下了好幾次大雨，島原市差點被淹成一片汪洋，雖然積水已經退去，留在地面上的泥濘，把這個市區變得滿目瘡痍，需要靠人力慢慢清乾淨。

野口站在三浦家前好一會兒了，安藤見他不發一語，實在忍不住了。

「本部叫我們立刻回去開會。」

「急什麼？撈出一隻腳而已，肯定是同一個人的，這個時間佐佐木他們應該也還在審志賀，叫我們回去也只是想安撫民眾，做做樣子。」

「就算真的是這樣，也不能不服從命令啊。」

野口忽然笑了，「你一定有辦法。」

「……」完全被吃死死了，但安藤可不會這樣就讓步。「說服我。」

野口不急不徐地點起一根菸，「安藤啊，你不覺得下雨和地上的泥濘，是個很好誤導的一種方法嗎？」

「你是說三浦有可能在深夜大雨之時遇害，然後這個痕跡是故意在雨停之後，兇手又故意為之？來回犯罪現場兩次，這麼增加風險的事，會有兇手願意嗎？」

「如果可以徹底誤導警察在時間上的預估的話，我若是犯人，我會這麼做。島原市當天災情嚴重，甚至還封鎖了很多大路，如果犯人本身就住在這附近，要來這裡布置一下不是難事，且那時大部分的人都趁著小雨又停了，短暫地清掃院子，根本沒空出來看有誰去了三浦家。」

安藤聽完他的推理，當機立斷地打給上杉，「請前輩放心，我們這邊必會給出另一條有力的線索！」

「安藤啊，你居然要為了那種臭小子負責，真是的。」

「前輩既然要我們搭檔，肯定也是相信我們吧。」

「行。」

「野口，我們現在是不是應該要去調查一下這附近的監視器，退回到當天下午時段找可疑人物？」

「等我一下。」野口揮了揮手，難得會露出困擾的表情的他，敲了敲自己的腦袋。

「我想起來了，難怪覺得眼熟啊！哈！三十多年前，我剛當上警察沒多久，曾經支援過一起案子，那個案子玄了，和這個狀況非常相似。」

「怎麼個相似法？」

「同樣也有個疑點，出在雨後的泥濘上，畢竟下雨前後的作案時間，大大影響偵辦方向和不在場證明，很可惜，因為有現行犯的關係，大家都想早早了事，最後這案子就這麼破了。可這次，我不會上當了，犯人一定有改過這條小徑的狀態。」

「那還等什麼？找監視器了。」安藤嘴角輕揚。

*

在等待律師來之前，佐佐木依舊坐在審訊室內，有時無聲勝有聲的壓迫感，會讓人感到焦躁，這些狀況都沒出現在志賀身上，她太游刃有餘了，就好像她已經演練了很多遍。

由於路上塞車，志賀美雪的律師趕來這裡花費了足足一個半小時，這段等待的期間，負責支援搜索志賀家的那組，已經有了消息和照片回傳過來。

律師很意外地竟然是個看起來和志賀同歲的女人，「我叫江口霧美，是志賀美雪的委任律師，接下來一切都問答，都由我代替委託人回答。」

「沒問題。」佐佐木聳聳肩，把手機推到她們面前，「我們警方從妳家找出幾樣可疑的東西，我一張張地問吧。這張照片有一個盒子，裡頭放著好幾頂假髮、墨鏡、和一些與妳衣櫃裡衣服風格完全不同的服裝，大概有三套，請問是用來做什麼的呢？」

「這是委託人的個人隱私，與案件無關。」

「從妳的電腦裡，找到了很多島原市的詳盡地圖，其中一張還標記了很多紅圈，是用來做什麼的呢？」

「委託人身為義工，在需要接送老人們的情況下，做這些功課也是正常的。」

「是嗎？真是巧了，剛好有個紅圈，與我們目前發生的拋屍案的第一個地點一模一樣，那附近經查實，並沒有住任何老人家呢。」
「委託人忘了，也許只是畫錯。容我提醒，這種聯想式的問法，是否不太妥當？」
「聽說啊，其中有個松田奶奶，她在我們警方這麼繁忙的時候，一直打電話到警局，很煩人。妳知道她是為了什麼嗎？聽說她的兒子失蹤了。」
「請說重點。」江口轉了轉脖子，不等佐佐木開口，搶先地說：「我必需要提醒你們警方，你們是在沒有任何直接證據的情況下，直接強行申請搜索令，並且把我的委託人帶來這裡問話，事實上，她只是以協助者的身分來的，你們沒有權力扣留，她也大可不必配合。所以在我們為了盡一份人民義務的情況下，請簡短提問，委託人累了。」
佐佐木也跟著轉了轉脖子，「真的非常不好意思，我這就提出重點——我們在妳家發現大量和松田佑一郎的合照，你們在交往啊？那妳一定知道他的下落，快告訴可憐的松田奶奶吧，她很擔心她的兒子呢。」
總算，佐佐木從那游刃有餘的眼神中，看到了一絲絲慌張，她不自覺地往後一靠，雙手環胸，做出戒備姿態。
佐佐木還以為這樣能逼志賀衝動開口說話，沒想到江口先一步地說：「警方還真是先知呢，僅憑幾張合照，就能確定該男子的身分嗎？就算確定過了，一對戀人交往，不可能時時刻刻都知道對方去了哪吧？我們決定不繼續配合問話，如果沒有檢察官下令的拘捕，我們不會再配合警方。」

似乎看出佐佐木臉上的驚訝，江口淺笑：「我剛好和負責這起案子的荻原檢察官，是同期。」

操之過急了。

佐佐木在她們一離開，氣憤地踢了椅角，仍難洩心頭恨，這兩個女人實在太狡猾了。

就算志賀美雪和三浦案扯不上關係，但她絕對和拋屍案、松田佑一郎的失蹤有關。

「怎麼下個雨，一口氣這麼多案子攪在一起，比混濁的河水還難清。」

「前輩，先別說這個了，在偵訊的時候又發現新的屍塊了！」

「什麼?!」

「這次是手！」

佐佐木趕回會議室，這邊已經在開會，很明顯野口和安藤那對搭檔缺席，而局長竟然一點反應也沒有，在股長的示意下，佐佐木和搭檔迅速入座。

「屍塊已經送到法醫那進行指紋剝落比對，只要能再找到頭部，進行牙齒比對的話……」

「報！」緊急來報告的警察被允許發表後，立刻朗聲說：「稍早市立第二中學、市立第二小學等地方都傳出，有學生在廁所發現一袋發臭的物品，經過老師確認，都是不同部位的屍塊，目前全都被移送到法醫室等待勘驗。」

「什麼?!出現在學校!立刻去確認學校的監視器。」

一旁的上杉系長則說：「最好從三天前的監視器開始看，前兩天特殊假日，學校都沒上課，也有可能從他們放學那天就已經放置。」

「是！」

另一邊，佐佐木則按照新得到的地點，比照著志賀美雪的地圖照片，被她圈起來的地方，逐漸地和屍塊發生地點愈來愈相似，不如說有的只差一個街口而已。

他立刻上報給主任，主任看過後則遞給股長和局長討論，並請人畫在大白板上。

佐佐木立刻報告：「這地圖是從志賀美雪家中蒐來，這些紅圈的標示地點都和現在的拋屍地點接近，如果按照這個紅圈的標示的話，還能在雲仙駕訓班、靈丘公園體育館、長崎縣立農業大學、有明體育場等地方找到，猜測放置的地點都是雖然不顯眼，但遲早會被人發現的地方，比如河流、廁所、帶狗散步的路徑等。」

「分析得很好，大家立刻分組往這些地方去。」局長點點頭，並補充：「那就再把志賀美雪帶回來偵訊吧。」

上杉股長馬上表示意見：「局長，畢竟對方才剛剛離開，代表嫌疑人目前是解除警戒較放鬆，我認為不該打草驚蛇，派人盯著會較為妥當。」

佐佐木再次舉手，「抱歉剛剛有一點沒有及時稟報，目前失蹤的松田佑一郎是志賀美雪的男友，也是一直來報案的松田立惠的兒子。」

警視的眉頭更深了，「這條線交給你們這班去跑，其他人繼續偵辦三浦失蹤案。」

「是！」

果然屍塊的地點全都吻合，佐佐木非常有信心，他認為志賀美雪一定是犯人。

「殺過一次的人，就還會再殺第二次、第三次。」他輕聲低喃，眼底閃過一絲不屑。

上杉覺得頭愈來愈痛了，但他沒資格喊累，因為局長比他更頭疼，他撥了電話關心野口的進度，寄望他們能帶給這一團亂的案件中，帶來一絲轉機也好。

「前輩，我們還在查看監控，對……沒有、目前還沒有主要針對的對象……是……是！我知道了……」安藤的聲音愈來愈小聲，聽起來就像是挨罵了一樣。

「野口……」

「既然時間緊迫，就不該浪費在我身上。」

安藤快瘋了，每次都被野口逼得腎上腺素爆發，他總覺得能跟野口搭檔的人，壽命至少得減個十年！

*

失去了時間感。

三浦宗介第一次感受到，如果一個人看不見日出日落、沒有時鐘的話，會對時間的流動感到麻木，就連此刻自己該不該繼續閉上眼睛睡覺，都產生了質疑。

綁他來的人並沒有按時送飯，至少他被綁來到現在，對方只開門看過他們一次。旁邊不知道已經被綁來幾天的青年，虛弱到幾乎都在睡覺，他甚至覺得，青年就快死了。

是他動作太慢了。

他這陣子不該只是按兵不動地觀察，應該要更主動出擊才對，這樣這個青年就不會被綁架，而他也不會走到了，他所預想過最糟的狀況。

回溯他的這一生，他已經用盡所有幸運了吧，無論是那一年他目睹了魔女的誕生，差一點就要被對方發現，慘死刀下。還是他後來遇到餅鋪的女兒，幸運成為入贅女婿，過上好幾十年衣食無憂的生活，這些幸運耗盡他所有一切。

那是絕對不可以遺忘的事。

偶爾他會在酒醉迷濛時，想起那段可怕的記憶，最後嚇得好幾天都睡不好，只有這種時候，他會覺得應該要去找一找那個人。

他曾經，目睹了魔女的誕生。

在那個被當地人視為神聖的地方裡，在那個曾經也出現過魔女的森林裡，他目睹了，最可怕的瞬間。

當鮮血噴滿魔女的臉，濺出來的血滲透進泥土，染紅了皎潔的月，也灑進他的眼睛，刺痛得每每想起，右眼就隱隱作痛。

那已經不是人類了。

無論是被殺的人，還是正在砍的人。身體被捅出好多洞的人，像極了那些被宰殺的豬；正在砍的人，臉上歡愉的表情，比任何和他做過愛的女人，笑得還要瘋狂和放蕩，好像砍殺的行為能令她高潮。

太可怕了。

就算不必刻意去回憶，都能讓他怕得發抖。

他在那個晚上，靠著把自己的手臂咬腫一大片，才能沒發出聲音，直到魔女換上了乾淨的衣服離開，他一放鬆，連褲子都被尿濕了。

為了活命，他沒有報警、沒有去查看那個人還活著沒有，他只得用自己最快的速度拚命逃回家，一步併作兩步，兩步沒能變成三步，他邊跑邊跌倒，腳軟得讓他連逃跑都變得吃力。

差一點就被發現了。

後來，他才知道魔女另有其人，這種未知感讓他活得更膽戰心驚。

三浦沒有一天睡得好，若不是後來女兒誕生，讓他重新感受到世界的美好，他也不會把魔女遺忘了那麼久。久到妻子生病住院後，某天忽然說：「老公，你現在還做惡夢嗎？」

「什麼？」

「剛結婚不久，你不是常常作惡夢？總是嚷嚷著：『魔女、魔女！』的。一開始我還以為你出軌了呢。」

他當場被嚇得說不了話。

「後來你說出『請原諒我！我不是故意不報警的！』的時候，我才知道你可能目睹了很可怕的事。其實也很容易知道，畢竟我們這個地方很少發生重大的事件嘛。」

「原來妳都知道了。」

「所以啊，老公，人對生命都是有執念的，像那樣莫名奇妙被殺死了，那個人該有多冤啊，如果那個兇手還沒有被抓到，你一定要去告訴警察真相。」

執念。

從那天起，三浦的心中也種下了執念。身上背著老婆的遺願，背著那個冤死的人的怨念，他不能再像過去一樣害怕地逃走了。

但在茫茫人海，要尋找一個存心要躲藏起來的殺人犯，談何容易。他搬了很多個地方，去了很多城市，這種大海撈針的行為，讓女兒完全不能理解，為了女兒好，他必需要好好疏遠她。

為了讓一個本來很愛自己的女兒，由愛轉恨，其實很容易。

家人嘛。

總是知道對方的痛處在哪，言語有時就像一把利刃，三言兩語就能把一個人的心殺死，他和那個魔女並沒有什麼區別。

「妳就是這樣做什麼事都半途而廢，所以這輩子才當不了棋士，連個資格考都能考那麼多年，以前居然還有人能誇妳有天分，我看妳只配待在業餘的世界裡，至少妳還能有點地位。」

他毀了女兒的夢想。

在女兒最後一年為了資格賽而努力準備的時候，他毫不留情地抨擊她，讓她的心都碎了。他能看見，僅僅一瞬間，女兒的眼神從悲傷變成憤怒，再從憤怒變成恨。

明明是最了解的家人，卻最不支持她，她該有多痛苦啊。

三浦後悔了。

他這輩子，第一個後悔的事，就是那天。不、不對。第一個後悔的事還要更早，他很清楚，這一切的源頭都來自於那一天，如果不是因為他，或許現在什麼也不會發生。

他還能和女兒享受著天倫之樂，還能一起和她下下棋。

三浦沉痛地閉上眼，此時外頭又有動靜了。

魔女緩緩打開門，青年被這個動靜驚醒，他雙眼直勾勾地瞪著魔女，眼中絲毫沒有膽怯，魔女對青年並不感興趣。

她走到三浦旁邊，露出了歪斜的笑容，「你啊，真是不該來找我的。死了的話，就什麼都沒有了啊，活著不是比較好？」

青年即使嘴巴被布塞住，還是發出了『嗚嗚嗚』的聲音，魔女笑了笑，再次把門關上，三浦彷彿也聽見了他的生命，被闔上的聲音。

都太遲了。

誰都阻止不了魔女。

一直都很努力求生的青年，眼底露出了絕望，他無力地看著角落，再也沒有力氣亂動。

原來這就是死。

比起慢慢死，三浦更期待能一刀被殺死，這樣他就不用去感覺自己還有多少時間可以活，不用感受著自己的軀殼逐漸變得虛弱、最後消融。

青年忽然用蠕動的方式爬到三浦的腳邊，剛剛還快要放棄的人，眼中再次燃起了火花，他頭頂著三浦的腳，示意要三浦用腳拔出嘴中的布。

嘴巴重獲自由的青年，開口說了第一句話：「老爺爺，別放棄，我的女朋友一定會找到我們，您只要別放棄就行。」

他的女朋友是警察嗎？

「我的女朋友可是個非常冷靜的殺人犯喔，雖然她現在已經改過自新了，但……咳咳！請您別放棄，她一定會找到我們！」

三浦完全不知道該怎麼相信這個青年，因為他覺得青年說的話太荒謬了！

青年也用腳幫他拔掉口中的布，兩人互相幫忙之下，頂多只能解除嘴上的自由，手腳因為被綁得太緊，根本拆不掉。

「我知道兇手是誰，我也知道我們在哪。」

「喔？是誰？」

「她就是……」

轟隆隆——

外頭雷聲巨響，除了這個名字不該被人說出來之外，也因為他們說話的聲音，完完全全地，被外頭的魔女聽見了。

魔女藏在陰暗光線下的臉，變得非常陰冷。

2.

「所以說啊，為什麼要做那麼多餘的事？妳要找人，就大大方方地直接去找，為什麼要扮成別人？」江口實在想不透，怎麼會有人偽裝身分就算了，還偽裝成自己過去殺死的人。

「妳應該高興，這就代表了，那段過去在我心裡不算什麼。」志賀靜靜地看著窗外，眼神隱約透出一點焦躁。

「妳的偽裝根本一點收穫都沒有。」

「我找得到他，不……我已經知道他在哪了。」

江口一聽，忽然緊急停靠在路邊，「志賀，所以妳才把我找來？好讓妳脫身去找那個綁架犯？」

志賀悠悠地輕吐一口氣，不抽菸的她，做出這個吐氣的動作，不是為了緩解心情，而是為了緩解——她按捺不住的興奮。

「江口律師，不必這麼緊張，我不會再殺人了，我只是很期待對方的反應而已，還有佑一郎的反應，他一定會誇我的。」

「繼續開啊，等妳開出城市，我再另外搭計程車回來，這樣就和律師妳沒有關係了。」

江口手握在排檔桿上，她的心跳得很快，因為剛剛的志賀露出的表情，實在太悚然了。她不是第一次見到殺人犯，但卻是第一次，看見殺人犯那種想要殺人的興奮，流露在臉上的模樣。

那是惡魔才會有的笑容。

「是佑一郎，讓我知道我可以被愛。」她話峰一轉，順手幫江口拉了排檔，車子再次緩緩往市區外圍移動。

——「聽說妳殺過人？」

才剛在印刷公司上班不久，志賀美雪的背景就被人傳了出來，公司本來就有和負責更生人的派遣公司合作，所以每個派遣都有點背景是很正常的，但殺過人的，是第一次。

若不是因為志賀美雪的工資又比其他人更加便宜，再加上她看起來就是個普通的女生，公司也不會同意雇用她。

她的目光對上佑一郎過於好奇的眼神，那就像個純真的孩子，眨著眼睛詢問著這個世界各種問題，分辨不出善惡，單純只想探索。

她沒有理會，這兩天她已經感受過太多指指點點了，也有其他的派遣工一起說著她的壞話，不過他們都不敢當面說，因為她殺過人。

從那天以後，無論她怎樣無視佑一郎，他每天都會找機會晃到她身邊，或是中午跟著她去外頭的食堂吃飯，自顧自說了一堆話，即便她從頭到尾都沒有理他。

「妳都沒有好奇我什麼事嗎？像我好奇妳一樣。」

她依舊低頭吃著飯，直到他嘆了口氣，「我還以為……只要努力的話，我們就能變成朋友。」

「為什麼想和我變成朋友？」第一次，她做出了回應。

「因為我不相信每天會去餵貓的人，會沒有理由地殺人啊。」

「……」

「妳不知道嗎？我和妳住在同一棟住宅區，每天晚上都能看到妳在樓下等貓來吃飯。」

她總算抬頭看他了，認真地、好好地正眼看他。

「總算願意看我了！」佑一郎爽朗地笑了，他沒有像看怪物的眼神看她，還對她展現出笑臉。

「好久了。」

「？」

「好久沒有人，會對我露出笑容了。」

「那妳多告訴我一點妳的事，我就多笑一點。」他沒頭沒腦的回答，也把她逗笑了，發出笑聲的瞬間，連她自己都嚇了一跳！原來她還能有笑聲啊，原來……她還有資格和快樂沾上邊啊。

在獄中的十幾年，都讓她忘了，要怎麼回歸社會當個有喜怒哀樂的人。

從那天以後，她不再排斥佑一郎一天到晚纏著她，他再也沒問過她為什麼殺人，而是帶著她去體驗許多新鮮有趣的事。

直到佑一郎在某次散步，偷偷牽了她的手，她才決定，要把一切的真相都告訴他。

「如果你一定要牽我的手，就聽我說個故事吧，聽完之後，你再決定要不要牽。」

「好，我願意聽。」他的表情溫柔又誠懇，一度讓她差點說不出口。

整個晚上下來，他聽完了她的人生，一句話也沒說。

「佑一郎，這陣子和你到處玩，我很開心。」

「嗯，我也是。」

「那、我先走了。」

「美雪，那妳對我的故事沒有興趣嗎？」

他的表情依然帶著笑，笑容裡多了點悲傷，那是受過傷的人才會有的笑容，只是過去，她一直都沒發現。

「有！當然有！」

他並沒有分享多麼驚天地、泣鬼神的悲傷故事，他逃避了母親很多年，愈逃愈愧疚，最後為了讓自己的心好過，反而故意更少回去。

「妳也知道，就算是正式員工，薪水也不多。我真的沒有辦法常常回去看她，最後一次……我要走的時候，她露出無助的表情目送我，眼眶好像還濕濕的，我不敢回頭。」

『佑一郎，你下次什麼時候回來呢？』

他最怕母親這樣問他，因為他自己也不知道，他更害怕久久回家一次，母親看起來愈來愈老、愈來愈嬌小，小時後大人總是很高大，為何隨著年紀增長，大人就愈變愈小了呢？他不懂，也不想懂。

「還有個人在等你，是最幸福的事了，你如果害怕的話，我幫你常常去看她。」

「啊？」

「志工活動啊，派遣公司最近在招募人去偏遠地區當志工，我可以去參加那個。」

「可是……妳的薪水已經很少了，如果參加這個，不就連加班的時間都沒有了。」

「佑一郎，因為我想要擁抱你的悲傷，就像你剛剛也替我難過一樣。」

這次，她沒有等他主動，她輕輕牽起他的手，就在她以為他會鬆手的瞬間，一滴眼淚就這樣掉在她的手背上。

「你哭了？」

「嗯、因為太感動了，我喜歡妳，美雪。」

多麼純真的一個人啊。志賀當時心想，像她這麼邪惡的人，真的可以和這樣美好的人在一起嗎？不會被懲罰嗎？

結果直到幾天前，佑一郎好不容易因為領到了獎金，所以想買點好吃的回老家一趟，就在那天，她知道老天爺果然下了懲罰。

「美雪，妳聽我說，我好像目擊到不得了的事了。」佑一郎小心翼翼地用著氣音說話。

「你在哪？你不是應該已經到老家了嗎？」

「對……我到了、可是……妳先聽我說，等等我會傳幾個地點給妳，妳一定要記好，我現在正在跟蹤一個人……總之妳一定要把那些地點記好！」

「佑一郎、你……」

之後，她不敢再回撥，她擔心他處在一個危險的狀況，如果手機響，反而會增加危險。她被動地收了他好幾封訊息，直到第四封結束，他再也沒有回傳了。

他失蹤了。

在這個她還算熟悉的地方裡，人間蒸發。

「江口律師，妳有聽過魔女的傳說嗎？」

「魔女？」

「是啊，那天晚上……三浦爺爺忽然這樣問我，隔天他就失蹤了，是魔女把他抓走的吧。」

「妳到底在說什麼？如果妳以為這樣轉移話題，我等等就會讓妳下車嗎？」

「妳一定得讓我下車啊，不然他們都會死。」

「妳怎麼能確定妳男友和三浦都還活著？」

「嗯……殺人犯的直覺吧。」其實不是的，因為她已經事先確認過了，所以才能像這樣再多浪費一點時間，不然她大可在稍早前直接把人帶走，她不過是不想這麼輕易地放過，這個敢招惹她的男人的傢伙！

就快要開出鎮了，江口再次停下車，「美雪，妳的人生好不容易變正常了，一定要去嗎！」

「幹嘛？怕我牽連到妳，被人發現妳是我姊？不用擔心好嗎？妳都已經結婚了，姓氏早就不一樣了，只要妳不承認，我們就只是雇傭關係。」

「我……」江口被堵得啞口無言，她知道這麼多年來，志賀美雪早就變了，無論是她的心理狀態還是個性，都不是以前那個純樸的美雪。

「我跟妳一起去。」她忽然用力急煞車迴轉，踩油門的腳不再猶豫。「告訴我在哪？」

「這和妳沒關係！」

「誰說的？妳是我妹！」

志賀美雪不再說話，她緊咬著下唇，情緒有點波瀾。這麼多年了，她從不認為自己還能有家人，因為他們早就在事發後，就拋棄她了。

「我會扮成淺野理莎是因為……這樣，我就不是原來的我，所以使壞的話，也不是我。」

這大概是志賀這兩年來，第一次在江口面前表現出真實的情緒，和剛剛的冷靜不同，她差一點就要哭了。

「不聊這些了，妳開快一點吧。」

「在哪？」

「當然是——澤田家。」

*

「停、回放，對定格。」野口瞪著監視器，大腦開始回想前面看到的畫面，總覺得有那麼一幕和這瞬間很像，有個一樣穿著雨衣大到拖地的人，曾經過監視器前。

那是大概晚上十點多的事，然而下一次再拍到那個人，他已經從另一邊回來了，時間是凌晨兩點半。假設這個人是住在社區的話，怎樣也不可能在凌晨大雨正大的時候外出。

因為雨勢直到快天亮時才變小，當時的路上完全沒有來車，除了凌晨五點左右，有一台黑色的自小客車經過，大概過了十分鐘又經過一次，並且在中午時又來回開過一次。

監視器無法照得更清楚，所以不能確定開車的人，是不是犯人。

野口盯著螢幕重放了好幾遍，直到安藤忽然說道：「我們是不是搞錯方向了？」

「什麼？」

「三浦爺爺被綁這點本來就不合理，如果對方不是為了錢的話，那一定有其他誘因吧。」

野口又點起一根菸，用力吸一口，感覺腦袋都清晰許多。

「我們是不是都沒人搜過他家？」

「只有簡單檢查過有沒有被翻亂的痕跡，可是卻異常整齊呢。」

「那就是被整理過了，犯人的確有很多時間可以這麼做，這樣的話……那個鑰匙圈，就不是不小心丟在那的了。」

「所以是犯人故意為之，要把我們誘導成……志賀美雪？」

野口不發一語，一根菸在他嘴邊快速的吸吐，一下子菸就變成一根隨時都會散開的煙灰，他小心地移動到菸灰缸，輕輕一彈，菸灰還是有不少散在外頭，在那如雪花般的細碎裡，他看得出神。

「如果犯人整理過他家，就一定會留下痕跡，就像這個菸灰一樣。」

兩人立即動身，途中安藤又接了一通電話，野口光看他的表情就猜到了大概。

「屍塊都齊全了吧？」

「你怎麼知道？」

「哼。會在四處很容易被發現的地方拋屍的人，根本就是不是為了隱藏，而是為了被關注。」

「你說，拋屍的兇手和綁架的犯人，會不會是同一個？」

「安藤啊，你這想像力很有意思，我們這邊認真一點抓，不就知道了。」

重新回到三浦家，他們略過了庭院的痕跡，穿上鞋套後就開始仔細搜索。以三浦一個老人居住來說，家具顯得有點少，幾乎只有一些必備的桌椅，任何地方都看不到一個相框。從放被褥的櫃子再到書桌底下的櫃子，一路找到廚房的櫃子，他們都沒有收穫。

除了放在廚房後面的一箱報紙，讓野口相當在意。他檢視了幾份，發現那並不是連續日期的舊報，其中還有其他地區的地方報紙，從關西一路延伸到九州，看起來循序漸進，其實地點都很跳躍，可能今年一月份的是在神戶，隔一個月就變成宮崎。每份報紙裡面都沒有做任何的記號，就連被剪下來的部分也沒有。

野口猜想，犯人一定也有檢查過這些，因為太平常了，所以並沒有在意——應該說他也沒有那麼多時間在意。

安藤看了幾份說道：「這個三浦宗介，難道是在追蹤什麼人嗎？」

「是啊，你覺得這些報紙的共通點是什麼？」

「這得要看個十幾份才能發現吧？」

「這些報紙上，都有刊登殺人案。」野口鋪平了幾份，分別把那些報導比出來。

「殺人案要收集不難吧，假設今天是宮崎有案子，那他就故意去那買，並不能代表什麼啊。」

「的確，但你想想，殺人的作案方式那麼多種，就算刀殺的出現率最高，那如果三浦蒐集的全都是刀殺呢？」

安藤一聽，不再質疑，而是蹲下來和野口一起快速地確認，半小時後，他們完全確定了這個假設。

安藤找出三浦女兒的電話，打了好幾通對方才接通，「真的萬分不好意思再次打擾您，我們是島原警局的，想再次和您確認……」

「拜託！可不可以不要再打來了！既然已經和我沒關係了，他怎樣我都無所謂！」

對方的情緒非常激動，安藤的聲音更加輕柔，「您為何會如此厭惡三浦先生呢？」

「在我心裡，他在十年前就已經死了！」

電話被硬生切斷，安藤沒有辦法，只能打回警局請同仁調查看看，在過去三浦有沒有牽連到什麼案子。

野口轉了轉脖子，腦海中有許多碎片，感覺這起綁架案就快要有眉目了，但突然又覺得，離真相還差那麼一點。

「你說……那個志賀美雪當天趕來這裡後，為什麼又要跑去找澤田？」

「而且犯人明顯想要嫁禍給她……」

「如果她真的是嫌疑人，不會這麼明目張膽地要去下一個被害者家裡，還讓警察知道她的行蹤，那不是很蠢嗎？況且澤田到現在還活得好好的。」

「但是澤田受傷了啊……啊！這裡、曾經發生過打鬥，難道……」安藤感覺，好像快要知道真相了。

安藤點了根菸遞給野口，希望尼古丁可以幫助他思考。

野口雙手抓在房間的沿邊，看起來就像在做伸展操，晃呀晃的，老舊的木頭髮出了聲音。

「澤田可是個老奶奶。」安藤搖搖頭。

「十年前的話，就可能不是啊。剛剛她三浦女兒的怒吼聲，我隔著電話都能聽到，三浦至少已經追查了十年以上了吧。」

安藤怎麼想都覺得野口的假設很荒謬。

「怎麼想都是志賀美雪更可疑，她還假扮成別人，這又是為什麼？頂多可以說，三浦的失蹤在她的預料外，她才會第一時間就趕過來。」

「對啊，她還假扮成別人呢，而且她的身高和監視器裡的雨衣人對不上，那個人走路的樣子，更像老人家呢，駝著背走的感覺。」

「你先入為主了，老人家要怎麼把人綁走？」

野口冷冷一笑，「先入為主的人，是你。」

「等等、你去哪？」

「帶你去看先入為主的證據。」這次換野口開車，不需要導航，他早就把這個城市的所有街道背在腦海裡，數十分鐘後，來到一間登山的旅行社，這是這裡唯一一專門負責雲仙登山的辦事處。

示出警察證，野口開門見山地問：「我需要知道，你們這裡有沒有一位姓澤田的女士常來這裡。」

「澤田？是那個老奶奶嗎？」辦理人員脫口而出。

「是啊，妳很熟？」

「當然了，老奶奶可是我們這裡的名人啊，她至今爬過的百岳無數，最厲害的是，她曾經在一天之內就完成了雲仙全途徑。好多登山好手都自嘆不如呢！」

「妳說她爬過的百岳無數，代表她以前還爬過別的山？」

「這也是聽她說的啦，老奶奶從年輕時就一直保持登山習慣，所以身體和肺活量都很好，她好像為了保持肌肉，也經常做高強度的重量訓練呢。」

僅僅是問了幾個問題，就足以讓野口有些得意，他可沒想到隨便猜個登山，還真的就中了。時常登山的人走路會有個習慣的步伐步調，尤其在遇到大雨那種情形，走在雨中的時候，過往的習慣就會跑出來。他是藉由監視器去猜的。

「妳覺得奶奶的力氣大嗎？」

「這我不清楚呢，我們一般要長途登山的話，因為要過夜的關係，背包至少二十幾公斤吧，尤其奶奶每年都會參加我們的遠征計畫，一去就是五、六天，背包應該更重。」

「難道都沒有人幫她嗎？」

「登山這種事量力而為，如果老奶奶真的走不動，基本我們都會有接應，但她每次都是名列前茅喔！實在太厲害了！」

安藤眉頭皺得更深了，離開登山辦事處，他只問了野口一句：「就算澤田和三浦有多年恩怨，為什麼搬到這個地方這麼多年，現在才動手？她看過三浦無數次，應該早就發現了。」

這次，換野口的手機響了，打來的人是鳥取課長，非常稀奇。

「什麼事？」

「無論你們現在辦得如何，立刻回來！這裡需要人手！」

「我幹嘛聽你的？我又不是你們那班的。」

「因為案件偵辦方向變了！死者的身分已經出爐，經過初步比對……他是個有多起性侵案底的前科犯。」

「那關我什麼事？」

「在他的喉嚨裡找到一個夾鏈袋，裡頭有張字條：『如果不想要死更多人，請警方立刻公布死者的性侵前科給社會大眾，我會從你們發現全部屍塊起開始算，過一天就殺一個，殺到你們公開為止。而且，我一定會知道你們已經看過了。』這樣，你明白嚴重性了嗎？」

事態愈來愈複雜了，野口有個直覺，認為應該要先去澤田家，安藤不同意，他說什麼都要先回本部開會，看看現在大家的進度都到哪兒了。

「我有點心慌。」

「你心慌什麼？」安藤挑眉。

「喂……不對啊。」野口拿出手機收到的一則報告，裡頭清楚地表明，三浦被綁架當晚，《身價上億的小提琴家》因為節目異動，提前兩個小時播出……

安藤立刻轉向往三浦的鄰居家，當他們再度上門，永井的表情非常不耐煩。

「你們怎麼又來了！」

「永井太太，您知道在證詞上說謊，也是有罪的嗎？」安藤露出溫和笑容，說的話卻讓永井的臉色慘白。

「我要說什麼謊？我那天早早就休息了，誰知道隔壁都發生了什麼？」

「妳不是跟志賀美雪說妳半夜看節目的時候，隔壁有巨大的聲響嗎？」

「我沒有這麼說啊！我明明只是和她閒聊，你們可別亂栽贓人！」永井非常憤怒，又多碎念了兩句，用力地把門甩上！

「安藤，你先回去，我去澤田家。」

「不行，現在還不知道準備要行兇的是哪一個，太危險了！」

「沒有你做我的後援，我才危險。我需要你去幫我調查一個東西，愈快愈好！」野口似乎已經看出了複雜事件的破口。安藤猶豫了一會兒，嘖嘖兩聲：「事件結束，要請我吃飯！」

＊

黑暗中，三浦吶吶地又說：「小夥子，你看過魔女嗎？」他莫名地咯咯笑起來，彷彿這是一個笑話。

「魔女，喜歡紅色，像血一樣的紅色。」

3.

雨夜、淹水、離奇失蹤的三浦、滿身是傷的澤田、假扮成淺野理莎的志賀，還有屍塊、性侵前科犯。

要把這些關鍵字連起來其實並不難，只要找出失蹤的三浦宗介，他這一生住過哪些地方、出身自哪裡，有沒有曾經涉及過什麼案件的目擊，或者是……有沒有發生過驚世駭俗的殺人事件，就一定能讓真相浮出水面。

志賀美雪捏造鄰居的證詞本來就很奇怪，她在道路一開通就趕往三浦家，發現他失蹤後，緊接著就去找澤田了，且似乎為了讓警方更慢發現澤田，編造了證詞。

她難道是澤田的共犯嗎？

野口不這麼認為。

或許她基於某種原因，想要對澤田不利，所以才希望趕在警方察覺之前，得到她想要得到的。

這一切的答案。

都在澤田家。

野口獨自一人站在澤田家門口，要安藤去查的消息還沒傳回來，路途上他從另一個組員那邊得知，志賀美雪竟然是松田佑一郎的女朋友，松田的母親和鎮上的老人都很要好。

好像快要撥雲見霧了呢。

屋內傳來相當大聲的電視聲，野口愈是接近，愈覺得這個音量大得詭異，沿途他仔細注意著地上的腳印，儘量不去破壞，小心地繞過。

玄關的門半掩，才走到門口，他已經聞到了血腥味，驚覺不妙的一刻，他立即衝進去！

只見屋內幾個對峙的立場讓他錯愕！

拿著刀的三浦宗介、手臂被劃傷留血的澤田，還有保護著一個女人的志賀美雪……

「我是警察！都別動！」

野口實在一頭霧水，搞不清究竟是怎麼回事。

＊

三浦宗介的這一生，藏了太多的祕密了。

第一個祕密，就是他曾經知道村子被燒毀的房屋的祕密，在燒毀之前，那裡發生了什麼，他都一清二楚，也被魔女的笑容，影響了一輩子。

去東京求學的時候，認識村田美穗，她是他的初戀，是夢中情人，只可惜人家自始至終都看不上鄉下來的他，畢業後認命地回家鄉相親，認識了餅店的女兒，覺得這輩子就這樣過了也無所謂。

後來，他的第二個祕密出現了，那時正值準備豐收祭，輪到餅店負責供品的他，深夜忽然想起漏了一樣，他慌忙趕上山，重置供品到一半，忽然有人來了，是一對夫婦。

因為晚上實在太黑了，三浦以為是摸黑上來參拜的迷信夫婦，但看他們的行跡實在太詭異，於是忍不住偷偷尾隨，也就是在那個時候，他目擊了犯罪現場！

他沒有報警，他只是倉皇逃離，不敢告訴任何人。

過了兩、三個月，村田忽然打電話給他，見面時，她已經懷孕了，小腹微微隆起。

「宗介……我……我沒有辦法了。」

「什麼意思？難道對方不和妳結婚？」

他才發現好幾年不見的她，憔悴了許多，過往的風采似乎被歲月折磨殆盡。

「不是的，是我……一直躲著他。」

「呃、美穗，到底怎麼了？」

她忽然抬起眼，布滿的血絲的眼眶，一瞬間讓他想起那個難忘的夜。

「我殺人了……嗚嗚……我殺人了！我不是、不是故意的！因為……因為……」

她崩潰了。

說的話雖然顛三倒四，也把她這幾個月來經歷的煎熬全都傾訴出來。她說她被威脅了，一個陌生的女人把她從一個威脅裡拯救出來，卻又把她推進另一個深淵，她被逼著殺了女人的老公，從那天後，她根本無法好好睡覺，只要一閉上眼，就能看見對方悽慘的臉龐。

「妳是說，她要妳以一命換一命？」

「沒錯……那時，我差一點，就要死在前男友手裡了，我知道如果我跟著他去了，可能就會比死還痛苦，所以在列車上，我們透過紙條交談，成立了我們的交易，那些紙條我都還留著！」雖然留著，但她也不敢找警察公開。

女人的老公劈腿了，而且女人知曉老公會連手第三者一起殺了她，她將計就計，利用了他們的計畫，再借用陌生人的手，輕鬆解決掉丈夫。

「我……我沒有辦法想像，我的孩子以後面對的媽媽，是殺過人的媽媽！」殺人的愧疚感，似乎已經讓村田快要發瘋了。

更讓三浦吃驚的是，原來那晚他目擊的兇手，竟然就是村田……因為太過驚訝，所以他的表情一定沒有管理好，村田在那天回去後，就自殺了，一屍兩命。

愧疚感，在他的心底變成一攤爛泥，腐爛發酵得愈來愈臭、愈來愈臭。

唯一可以讓他找到那個人的，就是一張保險業的名片，可偏偏，後來發生了泡沫經濟的崩毀，保險業首當其衝，女人也在這片經濟混亂中，失去了蹤跡。

後來他委託了徵信社調查，查到女人的出身竟然和他一樣，原本的名字，讓他想起，她是誰。是小時候，那個最喜歡去找魔女玩的田中。

她一定是繼承了魔女的血統，把所有人都玩弄於股掌，一想起她可能會來殺自己，他就怕得睡不好。

「人的一生如果一直帶著心願未了，死了也不會比較快樂。」老婆在晚年，常常說著類似的話。

所以當他下定了決心，要找出田中時，沉重的內心豁然開朗。

「我一定會找出那個女人，不讓她逍遙法外。」當初村田交給他的不只有名片，還有最重要的字條，這些都足夠定罪。

只是他萬萬沒想到的是，這已經不是田中第一次借刀殺人，早在她高中的時候，就曾經讓自己的男朋友把母親殺死。

如果說第一任魔女是靠自己的雙手染片血紅，那麼田中就是個狡詐的魔女了。

他絕不會再放任那個魔女，繼續危害人間！

回到幾分鐘前，志賀美雪再次登門時，澤田丟了一把刀給兩名人質，「如果殺得了我，就動手殺了我吧！」

松田愣了愣，當下他只知道利用刀子割開繩索，三浦就不同了，他一臉憎恨地瞪著澤田，還發出了奇怪的笑聲。

「小子！你看、你看啊！她就是那種人，她是個魔女！她又想借刀殺人了！」

「老爺爺，您先冷靜點。」

三浦一點都無法冷靜，一想到這陣子他是用怎樣的心情和澤田相處，他就想抽自己幾下，尤其澤田分送給大家的漬物，更是讓他噁心！為什麼要裝出一副好人的樣子呢？她明明就不是這樣的人。

碰碰碰！

外頭的敲門聲愈來愈急促，這讓屋內的人心情也愈發焦慮。

澤田倒是輕鬆，她不急不徐地去倒了一杯茶，回想起前陣子看著某個人被分屍的場景，咯咯地笑了。

「老爺爺……如果、如果幫忙分屍的話，是不是也是有罪的？」明明已經沒有繩索綁住了，松田仍捲曲在角落，對他來說，被噴了滿臉血的回憶，想忘也忘不了。

「你說什麼？」

「我剛被抓來的時候……被、被……被那個奶奶，不對，被那個兇手威脅要幫她分屍……如果不這麼做的話，她就會誣陷我才是兇手，她會把所有的證據都捏造成是我做的！所以……」

三浦完全不敢置信，沒想到過了那麼多年，魔、女、一、點、都、沒、變。松田愈說愈小聲，他的手抖得厲害，就好像分屍的觸感已經深值在他的身體裡，每一刀、每一塊肉，在他的腦海裡漸漸變得不像人，像一塊豬肉，他必需要不斷地吞嚥口水，才不會讓自己乾嘔。

「孩子，這都可以解釋的，你也是身不由己……」

「爺爺，後來結束後，你知道她說了什麼嗎？她說……『真不愧是和殺人犯交往的人，相當俐落呢。』她誇了我、她誇了我！」

三浦緊緊握著刀子，他知道眼前的這個青年，快要崩潰了。

「我去解決她，我去！」三浦走出倉庫，為了怕青年崩潰出來礙事，他把倉庫再次鎖上，澤田就站在玄關，等著他。

碰碰碰！

外頭的敲門聲相當急促，這無疑就像個干擾他好好思考的噪音，下棋的時候必需要冷靜，他完全忘了這一點，就這樣一步步走向敵人早就安插好的陷阱，等著他一腳踏進去。

「那孩子還不知道呢。」澤田悠悠地說：「他不知道剛死掉的屍體，是不會噴出那麼大量的血，那個人啊……只是快要死了而已，直到他鋸下他的頭之後，才是真的死掉了，呵呵。」

「妳、妳……」

「人的恐懼啊，總是如我預料一樣地發展呢。」澤田笑得慈祥，這張堆擠出來的笑臉，看在三浦眼裡只覺得不寒而慄。

「看呀，就算把刀給你了，你也無法克服恐懼，不是嗎？」澤田說著，開門的瞬間，三浦已經用刀劃過她的臂，澤田發出哀嚎！

「別過來！」三浦激動地喊，一步步退回到屋內，志賀美雪嚇了一跳，她衝進來看澤田的傷勢，再看看三浦。

「三浦爺爺，您、您為什麼……」

三浦已經聽不見別人的聲音了，他的呼吸相當急促，刀子劃過人的皮膚的觸感和平常切肉的感覺很不同，就好像切開了一朵玫瑰花，那朵花的形狀……就像小時候看到的那場血腥，一樣，一模一樣。

澤田摀著傷口走了幾步，她緊盯三浦的表情變化，覺得相當有趣。

人啊，就是這樣的生物喔。

如果沒有試過一次，永遠不會知道自己是不是有辦法拿刀殺人，那種感覺會烙印在心中一輩子，無論是恐懼的、上癮的，會比人生第一次學會騎腳踏車還要深刻。

三浦靠在牆邊，血腥味衝進他的腦門，染血的刀愈看愈模糊，才發現人血和牛血，沒什麼不同。

志賀察覺到三浦愈來愈奇怪，她把手慢慢地移動到腰間，想拿出預藏的刀子，，卻沒想到澤田先一步注意到。

「不要啊！志賀小姐！連妳也要殺我嗎？」澤田誇張地喊道，三浦立刻瞪著一雙眼，看向志賀。

「志賀……妳……難道妳就是小夥子說的女朋友？殺人犯？哈……妳也是殺人犯啊。」三浦笑了，他完全不知道，自己的笑容和澤田愈來愈像。

闖進這場混亂局面的，就是野口。

「這到底……是怎麼回事？」

「警、警察……？」三浦愣愣地看著野口好幾秒，匡啷一聲，刀子應聲落地。野口沒有錯過，澤田臉上閃過的失望，她明明受傷了，看到兇手棄械投降，居然露出可惜的表情。

志賀輕輕發出一聲『嘖』，這個聲音像極了某種開關，澤田瞬間像變了個人，動作迅速地撿起刀子，轉身就向志賀衝去——

砰！

野口立刻開槍，子彈正中澤田的左腳，手和腳都受傷的情況下，即使是澤田，也無法再繼續移動了，她痛得倒在地上，一雙眼睛，死死地瞪著志賀，牙齒發出喀喀喀的磨牙聲，似乎失去了語言能力。

警車的鳴笛聲出現，再怎麼慌亂的鬧劇，終將告一段落。

唯獨志賀在澤田的耳邊低喃一句：「澤田奶奶，您的『開關』果然是這個呢。就跟我的開關是理莎一樣。」

開關。

志賀管這個叫做開關。

會殺人的人，並不是無時無刻都能辦到這件事，需要有個開關啟動，就像轉換人格一樣，她很早就發現澤田似乎非常厭惡別人發出這種聲音，有時她為了忍耐，牙齒會劇烈磨動，或是必須靠著自虐，才能壓抑住衝動。

澤田的意識被痛覺拉回，「哈……那妳之後也要注意了。因為妳的男友以後可能也會有『開關。』知道為什麼三浦會發狂嗎？我們啊……都在很小的時候被種下了一顆果實在心裡，而松田那小子，也被我種下了喔。表情別這麼可怕嘛，我又沒有傷害他，只是讓他……」

話還沒說完，就被一旁的江口用抹布塞住，「喪家犬就不要再說廢話了！」

志賀愣愣地看著澤田，內心有種不祥的預感，一轉頭，看見慢慢走出來的松田佑一郎，她冷靜觀察著自己最愛的男人，是不是有哪裡不一樣了。

不需要澤田說完，她也懂那是什麼意思。

殺人的果實，可以輕易地種在任何人的心底，它會在內心慢慢發芽，直到某天慾望戰勝理智……

「小佑……」

警察魚貫進入屋內，佑一郎恍惚的雙眼對不上美雪的眼睛，很快就被人群擋住，她再也無法看清楚，佑一郎到底有沒有被汙染。

『為您插播一則消息，警方在稍早前公布，分屍案的被害者為出崎信吾，該被害者同時也是犯下無數起猥褻少女、性侵案等等的前科犯，於半年前假釋出獄……』

電視機過大的聲音，清楚地報出了死者的身分，躺在擔架上被抬走的澤田，咯咯地笑了：「這樣誰才是壞人呢？是死者？還是加害者？但人可不是我殺的喔！哈哈哈哈！」

她笑得像極了動畫裡魔女的笑聲，相當尖銳的那種，會讓人的耳膜隱隱作痛，也會被這個笑聲引發惡夢，眾人沉默地看著她被抬出去，誰都不知道這樣的結束，會不會是落幕。

安藤趕到現場時，已經聚集了相當多的警察和媒體，他擠過人群走到最裡面，發現野口竟然直接坐在飯廳的椅子上，看著鑑識人員忙著各自的工作。

「喂、幹嘛不接電話？」

「我還以為你會急著叫我回去開會。」

「你不是讓我去查東西嗎？查到了。」

「嗯，把那個交給上面吧。」

「你是怎麼知道的？」安藤實在不解，僅憑三浦家擺的那些報紙，還有志賀變裝的詭異行動，野口為什麼能知道，澤田肯定換過很多次身分？

「澤田原本姓田中，後來父母離異，她冠回母姓，又因為結了兩次婚，所以又變換了兩次姓氏，現在用的澤田，則是第二任丈夫的姓，雖然丈夫已經過世，但她並沒有改回來。」

「日本真是個好地方，對吧？」野口冷不防地說：「只要結婚、離婚，就能換個姓，然後就像得到了全新的身分一樣。」

「不一樣啊，這些去戶政那裡查，很快就能查到。」

「一般人不能隨便查啊，她就是利用了這點，就連當年那起案子，也是。」野口是後來才想到的，因為當年只有幾面之緣，再加上澤田早已變得老態龍鍾，要能想起神社殺人事件的家屬長怎樣，真的有難度。

是那些報紙讓他想起來的。

「野口，你確定還要待在這兒礙手礙腳？鑑識科的人臉色不好看啊。」安藤小聲地問。

「因為我還在想。」野口看著天花板，「我在想到底是多大難耐的人，可以策劃出這麼一場，把所有人都攪得一團亂的計畫。」

確實是一團亂。

一下子綁架、分屍等等的案子全都在同一時間被破獲，就算已經找到犯人，一時半會兒警方也無法向大眾說明情況。

為了更快梳理清楚，警方進行了同時審訊，把每一個牽連其中的人全都問過一遍，由於松田佑一郎和三浦的精神不穩定，說詞反覆，更加讓梳理案情變得有難度。

最令安藤驚訝的是，距離抓到犯人已經過去整整三十六小時，野口到現在都還沒搶著說想要負責審訊，他從那天起就一直很安靜，一個人反覆地在筆記本裡不知道在寫什麼。

直到上杉直接下達命令：要野口偵訊澤田澪。

「現在嗎？」

「對，現在。」上杉頭很痛，已經換了好幾個人了，澤田因為太會察顏觀色和隱藏情緒，總是變成澤田反問偵訊的人，還有一個精神大受打擊，直接申請調職，不再擔任刑警。

「好，我也整理得差不多了。」野口闔上筆記本，點了根菸，「不管我怎麼問，都可以吧？」

「隨便你。」

得到許可，野口相當開心。

*

滴滴、答答。

聽著時鐘往前走過每一分鐘，澤田都在倒數，自己還剩下多少時間可以離開，腳上的槍傷不算嚴重，開刀取出子彈後，在醫生的許可下，她直接被帶到偵訊室，等過一個又一個的人來審問她，沒一個有意思的。

她忽然很懷念，這陣子家中不斷傳來的碰碰聲，那種在絕境裡掙扎的聲音，比時鐘的聲音有趣多了。

砰、砰、砰。

她輕敲著桌面，模仿著人質撞牆的聲音，嘴角上揚的弧度很自然，就像想起了戀人似的。

她轉頭看著雙面鏡，對著監視她的人，笑了笑。

野口在鏡子的另一邊，他始終抿著唇，像個獵鷹般看著，「老狐狸。」

「我是為了看你被耍才來的，可別讓我失望啊！」佐佐木冷笑，他已經找好絕佳的位子，要來欣賞野口的表情。

「哼。」

野口開門進入審訊室，澤田立刻調整了坐姿，彷彿她要面對的，只是一個工作面談。

「又見面了啊，刑警先生。」

野口並沒有理會她，自顧自地抽菸，不說話也不四目交接，就只是坐著，一根菸抽完，他又點上一根。

「那傢伙是把這裡當吸菸室了吧。」佐佐木吐槽，安藤則陪笑兩聲。

第三根、直到第五根，一包菸都被他狂抽了一半，不知情的人還以為他多久沒吸菸了。

「妳比較喜歡別人稱呼妳哪個姓？田中？島澤？中島？啊、是中島啊。」野口的眼角露出得意，因為在他說到『中島』時，她的眼睛眨了一下，就是這一下，讓他確定，這個名字最能讓她的情緒波動。

「出崎信吾是妳的同班同學吧？妳不用回答，該查的資料都查了，我也是起個頭而已，接下來我想說個故事，妳要不要聽一聽？」

澤田依舊維持著笑容，這次她不再像先前那樣對每個刑警都滔滔不絕地分析，面對野口，她似乎打算用沉默政策，她的姿勢從開始到現在，都沒有改變，為的就是不讓野口發現自己真正的心緒。

「故事是這樣的，從前有個天真無邪的小女孩，本來該是在鄉村裡無憂地長大，沒想到因為父母離異，最後跟著母親來到大城市名古屋生活，母親不久就交往了一個皮條客的戀人，整日無所事事，最後還因為涉嫌性侵小女孩，導致女孩懷孕，後來被關了好幾年。猜猜出崎和這個案子有什麼關係呢？他明明那時和女孩同班，據傳兩人也不是交往關係。」

「後來啊，我有了答案。因為女孩的另一名同班同學誤殺了女孩的母親，大好的前途就此斷送，本來關個十幾年就能出獄，但才關個一年就在獄中自殺了，真是可惜呢！所以故事應該是這樣，這個人和女孩是戀人，也許讓女孩懷孕的人是他，不是那個母親的同居人，出崎因為知道真相去威脅他們，所以才導致年老時，被殺了分屍，慘不忍睹哪！」

野口又點了一根菸，這次不是自己吸，而是遞給了澤田。

她猶豫了一下，接過香菸，吸了一大口，沒有被嗆到。

「人啊真是個記性良好的動物，對吧？即使戒菸多年，學過的記憶不會忘，無論過了多久，該怎麼把這口菸順暢地吸入胸腔，都記得。妳為了和妳第二任老公結婚，還被老公帶去了戒菸門診？真是真愛啊！是吧？」

澤田不予置評，維持著自己的精神防禦。年老的臉上再怎麼想隱藏，聽了這段故事，微微泛起的憂愁騙不了人，她的眼神已經出賣她了。

「多年後，女孩成為一個事業有成的女人，在泡沫經濟時期，剛好保險業正賺錢，事業愛情兩得意，偏偏在這時，結婚幾年的丈夫竟然被第三者殺死了！自己也差點慘死刀下，多麼地殘忍啊，這案子我當時也有參與，妳可能已經忘了。」

「結果怎麼著？絕了！原來殺人的另有其人啊！三浦都招了，真正的兇手叫作村田美穗，妳應該也見過，妳們在列車上認識的嘛！比對過字跡，妳們確實用紙條做了許多交流，人說出外旅遊就是交朋友的，妳也是個善於交際的人哪！所以我猜測，該死的人應該是妳，妳的丈夫想聯合第三者殺妳啊？真可怕呢。」

野口說到這裡已經直接轉為第二人稱了，澤田捻熄了菸，繼續沉默。

「妳一直在尋找出崎的下落，對吧？無奈每每妳找到他時，他都正巧又被抓去關了，這人也挺忠於自我，無論被抓幾次，就是管不住自己的老二，妳應該對他的個性很了解吧。當然，妳也發現了有另一個人在追蹤妳，那就是妳的兒時玩伴三浦宗介，不、本來的名字是大和宗介。我比較不懂的是，他老喊著魔女、魔女的，到底怎麼回事？」

「不是朝比野的。」

「什麼？」

「我那時懷孕，不是朝比野的，是那個禽獸。」澤田呵呵兩聲，「刑警先生，這個世界的正義，終究不是幫著弱者的。」很多年以後，她才知道那時第二次的月經，是假性月經，也就是卵子著床時會有的少量出血，她也託那次流產的福，再也生育不了了。

野口收起了輕鬆的表情，他大概都搞清楚了，所以才沒有用咄咄逼人的方式說話。小時候長期受到母親的同居人性侵，在學校又遇到自小就會猥褻女同學的男生，長大結婚的老公還想連手第三者把自己殺掉，換作是別人，早就死了吧。

「我只是想活下來而已。」澤田沙啞地說。

「這句話，就是謊言了。我說過了吧？人對於曾經學過、體驗過的事，都不會忘記，就像妳

——現在是樂於操控別人、享受血腥。我能理解妳的處境，但殺人，就是錯的。」

「不對吧？刑警先生，我沒有殺人啊。」澤田覺得可笑，他難道以為說個幾句動之以情，她就會認罪嗎？

「教唆殺人、綁架、恐嚇威脅，光這幾條，也夠妳在牢裡待到生命終結了。」

「無論你怎麼說，我沒有動手殺人是事實。」澤田再次強調，彷彿這才是她認為的勝利。

「不對，妳殺了妳的第一任丈夫啊，我一直想不透，當初他為什麼會半夜和妳去神社？」

「刑警先生，是他自己找我去的。」她露出淺笑，「還有，真正動手的，不是我啊！」

「我可以認為，妳這是承認了教唆殺人吧？另外還有一件事，雖然年代久遠已不可考，相關的人證物證都已不存在。但是……我不認為以一個學生的力氣，才用磚頭重擊頭部一次，就能使人致死。」

此話一出，澤田的笑容凍結了，即使她想扯動嘴角，也顯得刻意不自然。

「我本來，就沒有母親啊。」澤田吶吶地說，「我的印象裡，我只有父親。」

「來整理一下吧，妳到目前為止已經承認教唆村田美穗殺人，以及，據其他人的供詞證明，妳還教唆松田佑一郎殺了出崎信吾，並且綁架松田佑一郎和三浦宗介，對嗎？」

「佑一郎……那孩子還好嗎？刑警先生，那孩子……也殺過人了喔，他會過來我這一邊的吧？他也真是幸運，在我踩點的時候跟蹤我，被我發現了呵呵！」

澤田伸出示意野口點菸，再次吸了口菸，她感覺已經找回吸菸的美好，雖然第一次吸菸，是在母親死亡的那天，她在警察到達之前，點起來吸了一口，被嗆得很難受，心情卻無比暢快，彷彿從某個地獄中被解放似的，那快樂和血腥的氣味連結在一起，難以忘卻。

「魔女的血液，是會被傳承的喔！從那時傳到了我身上，以後應該就會傳到佑一郎那孩子身上吧。你是個聰名的獵犬呢，只可惜啊，你當年沒有辦法揭穿，我是如何陷害那個狐狸精替罪的。」方法其實不難，知道川中住在同棟公寓後，她特地從川中家偷了菜刀調換，等做案結束再換回來，接著請君入甕，等著川中拿著那把兇刀來殺自己，一切簡單得令人發噱，如果川中沒動邪念，最後也不會害自己變成現行犯。

野口沒有被她的話煽動，讓紀錄員繼續紀錄，「既然妳已經承認綁架和教唆的事實，那麼請在這裡簽名，一切到此結束。」

澤田點點頭，大方地在筆錄上寫上自己的名字，「對了，你剛剛說，已經把那個字條和我家找到的字跡做了比對，對吧？我還有一本日記喔，裡面可以證明——可以被找到的字跡，都是我故意寫出來的，我真正的字跡在這兒呢。」

野口一愣，一下子還不明白她的意思。

「這世上啊，有很多巧合。比如那座山最開始慫恿我去的人是大和宗介，託他的福，我在很小的時候就目擊過殺人現場。後來撞見我殺了丈夫的也是他，他從大學和我重遇，已經認不出我了，那時我用的名字是育幼院院長給的名字，院長怕我又像高三時，一下子就被人發現背景，才暫時幫我取個假名把大學念完，因為沒有正式登記，當然沒有出現在你們的戶政紀錄裡。字條是我故意給他的，這世上哪有那種事呢？一個女人準備將計就計，就這麼巧在列車上遇到一個被前男友威脅性命的人？還願意以命換命？太可笑了吧！這種故事，刑警先生，你也信？」

終於，野口的表情管理失控了，就連看熱鬧的佐佐木也笑不出來了。他們，終究被將了一軍。

「人的記憶是主觀的，像三浦一心認為他喜歡的那個村田不可能是我，就算年老後，他看到我，覺得我們長得再相像，他也不會有這個假設，他寧可相信自己美化過的回憶。當初花了點錢，收買了隨便租的地方的鄰居，讓他們口徑一致地聲稱有個一屍兩命自殺案，三浦就信了，比較意外的是他想找我報仇，我本來是希望他放棄揭發我的，真是不自量力。不過至少他會被判刑吧，希望別死在獄中才好啊。」

「妳早就知道有這麼一天？所以一直保持兩種筆跡？」

「我哪有那麼無聊，是發現三浦也住在這兒才開始的。」她輕輕把筆放下，「終究，朝比野才是被我害最慘的那個。」

說這句話時，她的眼眶似乎稍稍紅了一點點，然而野口因為主觀意識，已經看不到她的悲傷了。

在他眼前的，只是個魔女。

「刑警先生，千萬別告訴三浦哪，不然可能還不用送去牢裡，他就先自殺了呢！畢竟……死了，就什麼都沒有了啊。」就會像那三條鯉魚，被太陽曬乾也好、被人踩得腸肚都跑出來也好，什麼都沒了。

人為了能多活一天，要付出的實在太多了。
她必須努力活著啊，因為死了，就沒辦法再回憶了，回憶那段她人生中，僅有的一小段美好。
「妳告訴他了嗎？」野口激動地拍桌！
「我都被你們抓著了，要怎麼說呀？只能請你們祈禱，種子啊！千萬千萬別發芽啊！種子啊！千萬千萬別冒出頭啊！種子啊！開出一朵曼珠沙華啊！種子啊……」
她說的話語，像一首毛骨悚然的童謠，直到野口把門關上，彷彿都還能聽見澤田輕快的魔音。
半個月後，三浦宗介在看守所裡，用牙刷自戕。
志賀美雪在之後數年，無論申請會面多少次，松田佑一郎都未曾同意過。
而澤田澪，因為教唆殺人、綁架等罪名，被判刑十二年，比一直反覆犯下性侵案的出崎還要久，這個判決結果，至今仍有部分支持澤田澪的女性團體，在為她抗議中。
野口每每看著那些抗議判太久的人們，就會想起她在擔架上說的那句話：「這樣誰才是壞人呢？是死者？還是被害者？」
連他，也不知道了。

—全文完—

各界名家推薦

作者說故事的技巧與人設極為突出，敘事口白也非常生動流暢，令讀者可清晰連結到人物與畫面。因此，當角色之間的內在情感一次次爆發時，總能帶給讀者感同身受的震撼。

閱讀《神隱》時，有一種宛若觀賞著一道靜靜流逝的長河，平緩流向地平線之感，水道不同段點處偶有落下的崩石流土，在清流中激起了水波漣漪，甚至打亂了原本的流動脈絡。但是，無論曾是如何湍急的境況，最終總會回歸某種表象上的平靜，彷彿河床底層的凌亂從未發生過。

而那一股角色們內在的壓抑感，不知何時會崩潰的累積情緒，就是本書令人不停翻頁的獨特魅力。

——提子墨（台灣、英國與加拿大犯罪作家協會PA會員）

四個看似無關的故事，卻都圍繞著相似的氛圍和主題。初讀時就能感覺到每篇之間的隱隱關聯，在最後揭露真相時一次爆發，讓人大呼過癮。

故事的主軸是魔女的誕生，類似於東野圭吾的「惡女」議題，不過整體架構偏向湊佳苗式的分線敘事，而且敘事功力又更加成熟，四個故事就算看成獨立成篇的短篇集，也都是相當優秀的作品，連成一線以後又有如交響樂般的戲劇張力。

一開始會質疑作者為什麼把場景設定在日本，不過看完全書之後，才發現這是只有在日本才有可能發生的故事。作為影視大賞的決選入圍作品，閱讀的過程中會忍不住想像著由誰來演書中的角色，期待能賣出日本版權並拍成電影上映！

——楓雨（台灣犯罪作家聯會成員、台灣推理推廣部版主）

在人性構成的迷宮裡摸索，當謎底揭曉的一刻，潛藏的黑暗讓人不寒而慄。

——林庭毅（台灣犯罪作家聯會成員，近作《我在犯罪組織當編劇》）

後記

這部作品對我來說，是我曾經想要放棄寫作時，想寫的最後一部作品。

去年，當我對寫作這條路感到灰心、感到無法再撐下去，就想著，好吧！那就再寫一部燒腦的作品去參賽，就這樣完美的劃下句點吧！

這部作品不管是在鋪陳還是反轉上，都是花了極大心思去構思出來的。光是前置作業，就準備了將近一個月的時間，除了翻找去了四趟日本的旅遊小本本、存留下的各種導覽手冊、車站路線圖等等，還問了幾位曾在日本留學過的友人，在他們的幫助下，順利找到四、五十年前的許多日本相關資料，真的很感謝他們的幫忙。

於是，在做完這些資料後，我敲下了第一篇章，但因為對於設定地點在他國這點，實在太沒有自信，當時我還傳了第一章給作家盼兮試閱，懇請她用最嚴厲的角度看待，用這樣的設定寫這個故事，到底會不會有違和感，結果她的反應充滿了鼓勵與期待，這對我接下來能繼續完成這部作品，給予了極大的自信心，真的非常感謝她！

因為想著是最後一次了，所以真的很想好好地完成，讓這段追夢人生能夠不留遺憾，結果寫完〈中島篇〉後，我又臨時決定要參加POPO的華賞愛情組的比賽，用了一個月的時間拼完了去年的首獎作《你被遺忘在夏天裡》，緊接著又立刻銜接回《神隱》的〈島澤篇〉。

老實說，我那時一直以為最後的兩個篇章一定被我寫崩了，甚至在〈謝幕篇〉中的收尾，我一直覺得自己寫得很自圓其說，完全無法跳脫主觀視角，好好地宏觀故事全貌。我就像變成了野口，自以為好像找到了真相，但其實仍然迷失其中，被牽著鼻子走。

可偏偏，完稿再初校，距離比賽截止日只剩下五天，根本完全來不及等主觀意識褪去，再好好看一遍收尾，最後也只能在百般掙扎下，於倒數三天時正式報名比賽，把這部作品交給命運之神去決定它未來的去路。

最後，這個作品意外地打入了決賽進入前十強當中，雖然未能獲得獎項，但我覺得能走到那，已經很滿足了，能和一群那麼厲害的作家一起入圍，已經很光榮了。雖然，我仍然覺得，我的結局肯定很崩。

沒想到時隔一年，再次重新審視稿子，以客觀的角度閱讀過後，我很慶幸，慶幸那時寫到後面有如瞎子摸象的自己，竟然勉勉強強地收尾成功了。也很高興因為秀威出版的關係，讓我能一次又一次，把這個稿子修到我認為最理想的模樣。畢竟我是那種沒有要出版就提不起動力修稿的懶惰鬼，所以真的很謝謝秀威！更謝謝齊安編輯總是給我滿滿的信心，讓我對自己的稿子不要那麼悲觀。

不過，說起悲觀，前兩天我才想到，怎麼每年快要過年時，我總是帶給大家一些超不適合在過年氛圍下閱讀的故事，以及認真懷疑我的內心到底是多扭曲，才會老是寫這種超多負面情節的故事，我真的該好好努力正面一下。

無論如何，很高興這次是人生第一本，從未在網路上先公開過才出版的小說，這種感覺很新鮮，也很忐忑，因為無法預知到，大家讀完會有什麼感想。

但無論是好是壞，都請大家用力地鞭策我吧！就算是壞的感想，也能成為我繼續寫下去的動力，因為那都代表了，還有人會閱讀我的文字，謝謝大家！

——A.Z.後記撰寫於2021.12.19距離十分鐘即將邁入憂鬱星期一的夜晚，斜槓人生真的好爆肝。

要推理96　PG2696

要有光
FIAT LUX

神隱

作　　者　A.Z.
責任編輯　喬齊安
圖文排版　黃莉珊
封面設計　王嵩賀

出版策劃　要有光
發 行 人　宋政坤
法律顧問　毛國樑　律師
印製發行　秀威資訊科技股份有限公司
114台北市內湖區瑞光路76巷65號1樓
電話：+886-2-2796-3638　傳真：+886-2-2796-1377
http://www.showwe.com.tw
劃撥帳號　19563868　戶名：秀威資訊科技股份有限公司
讀者服務信箱：service@showwe.com.tw
展售門市　國家書店（松江門市）
104台北市中山區松江路209號1樓
電話：+886-2-2518-0207　傳真：+886-2-2518-0778
網路訂購　秀威網路書店：https://store.showwe.tw
國家網路書店：https://www.govbooks.com.tw
總 經 銷　聯合發行股份有限公司
231新北市新店區寶橋路235巷6弄6號4F
電話：+886-2-2917-8022　傳真：+886-2-2915-6275

出版日期　2022年2月　BOD一版
定　　價　340元

讀者回函卡

Printed in Taiwan

國家圖書館出版品預行編目

神隱/A.Z.著. -- 一版. -- 臺北市：要有光,
2022.02
面；　公分. -- (要推理；96)
BOD版
ISBN 978-626-7058-16-9(平裝)

863.57　　　　110021680